SILVIO ALENCAR

ºCARREGAMENTO
E OUTRAS HISTÓRIAS

NINGUE
STUDIOS

Silvio Alencar

O carregamento
e outras histórias

1ª Edição

Vila Velha

Silvio José de Alencar

2015

A368c   Alencar, Silvio, 1978 -
         O carregamento e outras histórias / Silvio Alencar.-
         Vila Velha: Silvio José de Alencar,2015.
         120 p.
         ISBN: 978-85-919300-1-2 (papel)
               978-85-919300-0-5 (ebook)

         1.Contos Brasileiros. I. Título.

                                    CDU: 869.0(81)-34

Ao meu filho Thales.

Sumário

Prefácio 9

Quem dera 13

O carregamento, parte I 18

O vazio.. 28

Pixel solitário 38

Imperador 43

Os cinco minutos que antecedem a tempestade 50

Poeira estelar.. 57

Mãe da criança.. 62

Sopa de coentro.. 70

Anjos e ciborgues.. 74

A letra A 77

Pertencer... 81

Hipócrates 88

Perfume de cloro... 95

O carregamento, parte II 98

PREFÁCIO

Foi em 2010 que, zanzando pela Internet, encontrei o anúncio da professora Lice Ederlain. Era um anúncio sem fotos, ou apelos comuns publicitários, era apenas um convite. Dizia algo assim: participe do grupo de escrita Nova Esquina Literária.

Desde moleque sempre gostei de histórias. Costumava assistir diariamente aos desenhos animados, até os pouco animados da Marvel, aqueles que só mexiam a boca. Às vezes assistia a filmes que nem entendia o que estava acontecendo, mas que acabavam deixando marcas. Filmes de vampiros, lobisomens ou coisas estranhíssimas, como Além da Imaginação e Cosmos.

Muitas vezes brincava sozinho em meu quarto simulando o que via. Matei muitos monstros e salvei muitas princesas assim. Já viajei no tempo, lutei no Vietnã salvando soldados americanos e já fui um androide sozinho no espaço tendo que lidar com um alienígena medonho.

A maioria eram apenas histórias de heroísmos sem qualquer preocupação com coisas profundas. Era bater no bicho e salvar o dia, coisas simples. Mas eram diversões de criança que acabaram me ensinando coisas. Sem conhecer a teoria dos arquétipos, já sabia que o herói precisava encontrar alguém que lhe ensinasse o ofício, ou sem ler Syd Field que o clímax da história era a luta contra o grande vilão. Sabia que cada momento da história tinha seus elementos, que a introdução precisava de um tempo e que o final tinha que ser grandioso. Era tudo muito ingênuo, bem aventuresco, bem preto e branco, bom e mau, mas serviu de escola.

Quando li o meu primeiro quadrinho, tudo mudou. Claro que tive contato com outros gibis, que vinham como brinde em iogurtes, ou cereal, como Homem- Aranha e Fantasma, mas considero a minha primeira revista a que li em pé dentro de uma banca de jornal no Carrefour em Brasília. Na capa vinha o Superman com os braços abertos e alvejando com sua visão de calor um monstro feito de plantas, musgos e algas, que mais tarde viria saber ser o Monstro do Pântano. A história escrita pelo grande Alan Moore contava uma viagem feita pelo Superman para Lousiana para morrer. Ele havia sido contaminado por um fungo alienígena de um meteoro vindo de Kripton, que era altamente letal para sua espécie. Ele queria ir para um lugar onde não conhecesse ninguém, pois desejava que ninguém o visse morrer, por isso evitou Nova York, Gothan e Central City. Mas em Lousiana ele encontrou o seu salvador: o Monstro do Pântano, mas não antes de enfrentar o estado delirante do kriptoniano que o fez atacar seu salvador como se fosse o maior dos inimigos. No fim, tudo deu certo. O Monstro do Pântano retira o fungo do corpo do Superman e o esporro do dono da banca não foi tão grave. Aquela história fez um estrago em minhas histórias inocentes. Como buscar menos que isso? Toda aquela estrutura, tema e profundidade que não seguiam em nada ao que estava acostumado. De lá para cá foram muitas outras revistas de caras como Alan Moore, Frank Miller, Neil Gaiman, Grant Morrison, Warren Ellis, Mark Waid e Keith Giffen e livros de Clive Barker, JRR Tolkien, George RR Martin, Milan Kundera, Phillip K Dick, Gabriel Garcia Marquez, Alan Poe, HP Lovecraft e tantos outros. Mas nunca esqueci aquela primeira revista do Monstro do Pântano.

Arranhei muitas vezes começar a escrever. Tenho muita coisa escrita a lápis no final de cadernos da escola. Letras que agora vão desaparecendo nas folhas amarelas. Perdi muita coisa com HDs de computadores queimados e em disquetes e Cds mofados. Mas nunca foi coisa séria, era tudo brincadeiras como as que eu fazia em meu quarto, apenas tentava seguir os meus grandes mestres. Textos que normalmente mostrava para uma ou duas pessoas, nada mais.

Quando li aquele anúncio da Lice, em 2010, pensei "por que não"? Não sabia como funcionava e nem tinha ideia de quem participava, mas pensei que seria uma boa forma de praticar e "dar a cara a tapa". Parar com aquele receio bobo de me expor. Mandei um e-mail e fui adicionado à lista. O grupo funcionava da seguinte forma: 1) Lice passava um tema por semana para o grupo, 2) depois cada um escrevia um texto (conto ou poesia) baseado no tema e 3) mandava o texto para os comentários de todos do grupo. Tive o prazer de conhecer pessoas fantásticas, cujos comentários foram importantíssimos para que eu melhorasse o meu modo de escrever e de entender as histórias.

Os contos reunidos neste livro foram criados para a lista da Nova Esquina Literária. Eles refletem um período bacana meu de criação literária, de experimentação e de descoberta que gostaria de compartilhar com as pessoas.

O conto que dá nome ao livro, O Carregamento, é baseado em um jogo de RPG que narrei para o meu grupo. Cada personagem principal foi criação dos jogadores, inclusive os nomes e os trejeitos. Tive que adaptar muita coisa para poder trazer para o papel a história, mas a sua essência está lá. Resolvi coloca-la aqui tanto por ter sido o primeiro conto escrito para a Nova Esquina quanto pela homenagem que quis prestar a estes grandes amigos que contaram grandes histórias comigo.

Espero que gostem. Boa leitura.

Silvio Alencar
Junho/2015

QUEM DERA

Já era meia-noite quando se deu conta de que estava sozinho no escritório. Todas as baias estavam vazias, arrumadas e frias. Olhou para a tela azulada, para os números brilhantes e intermináveis de sua planilha, e tudo que conseguiu pensar foi em algo bastante corriqueiro naquela semana: não vai dar tempo.

Era fechamento de semestre e muitas das subsidiárias entregaram seus relatórios em cima da hora. Resultado, agora tinha que organizar tudo em menos de três dias.

Estalou o pescoço com um movimento e tomou mais um gole d'água. O jeito era encarar, pois aqueles números não iriam se calcular sozinhos. Recomeçou a digitar. Agora com um ânimo renovado, sem telefone tocando, ou gente pedindo ajuda para imprimir documentos.

Todavia, não durou muito. Em pouco tempo, a pilha de papéis da esquerda ia diminuindo e sendo substituída por outras... Mas, não na velocidade que esperava. Havia muita coisa para verificar, dados que não conferiam e informações duvidosas. Meia hora depois, a cabeça começou a esquentar e teve que parar novamente. Precisava espairecer, não adiantava forçar.

Foi até a janela e olhou para a rua, lá embaixo. Os carros moviam-se devagar. Mesmo àquela hora, a maratona diária de retorno ao lar era morosa. Lembrou da maratonista, símbolo de alguma Olimpíada, que se arrastou tropegamente até a linha de chegada. Não era tão diferente desses pobres desgraçados lá embaixo. Do outro lado da rua, o prédio estava às escuras, com exceção de uma ou outra sala. Numa delas, um velho falava ao telefone agitadamente, estava sem paletó e os suspensórios amassavam ainda mais a blusa que fora bastante surrada ao longo do dia. O homem pegou uma garrafa térmica e se serviu de seu conteúdo. Café, talvez. Pegou alguns papéis e logo em seguida colocou os óculos. Estava conferindo algo que não 'batia'? Talvez uma discrepância em algum orçamento, ou, quem sabe, um contrato quebrado. Andou pela sala de um lado para outro, parecia ofegante, gritava agora, as palavras estampadas em seus lábios. Se forçasse um pouco, com certeza, conseguiria entender.

Mas, o que estava fazendo? Bisbilhotando a vida dos outros, como se não tivesse mais o que fazer. Sentou-se novamente em sua cadeira, teclou alguns números e olhou o resultado azulado na tela. O lápis girava descuidadamente em seus dedos e o seu pé tamborilava em cima do estabilizador do computador. Olhou novamente para a janela no fundo da sala, imaginando o que seria tão importante para ser tratado depois do expediente. Ele balançou a cabeça e tomou mais um pouco de água do copo plástico. Sudameris havia feito um pedido grande este ano, no entanto, o valor declarado deixava o passivo e o ativo da empresa desequilibrados. Talvez, o Banco do Nordeste tivesse feito algum tipo de empréstimo, não declarado, o que explicaria a discrepância. Mas, para resolver isso precisaria olhar cada recibo da pasta. Onde mesmo estava a maldita? Talvez a coisa fosse mais simples, apenas um erro de cálculo, uma coisa vista que não estava realmente... uma amante.

Poderia ser isso, o velho tem uma amante – concluiu. O papel seria uma carta de chantagem, ela o estaria ameaçando. Entregaria tudo para a esposa traída se não tivesse algum tipo de compensação. Mas o quê? Pobre bastardo. Talvez não fosse isso, talvez fosse apenas uma conversa com um escritório de contabilidade em Cingapura. Muita gente tem feito isso. Enquanto se dormia por estas bandas, eles acertavam as contas por lá. Começa-se o dia com tudo em ordem. Uma maravilha. Mas, por que a raiva? Teriam errado? Ou estariam roubando a empresa do velho. Olhou para a janela. Não... tinha que ser algo mais próximo. Mas o q... Parou um segundo, pegando-se no flagra. Havia escrito uma palavra a lápis sem perceber sobre o formulário azul da Sudameris. "Enrascado".

Já era. Não conseguia pensar mais no trabalho. Que se dane! A noite estava perdida.

Levantou-se e foi até a janela. O escritório estava às escuras. Merda. Chegara tarde. O velho havia ido embora. Agora nunca saberia o que aconteceu. Espere. Uma luz. Do outro lado da rua, no escritório apagado, uma pequena fagulha se acendeu. Um fósforo. Quem o acendeu estava de pé, de frente para a parede envidraçada. Por um breve momento, o rosto do velho foi iluminado, revelando um cigarro em sua boca, e uma arma em sua nuca.

O velho ia se matar.

Sozinho, ali no escritório, ele e as baias, não sabia o que fazer. Ligar para a polícia era uma coisa óbvia, toda criança sabia disso. Mas, quando chega a nossa vez de participar de uma tragédia, até o óbvio parece tão estranho, tão distante de nós mesmos. Como se fôssemos escrever pela primeira vez com a mão esquerda, que fora transplantada de um morto. Pegou o fone e teclou roboticamente os três números. Explicou tudo da forma que pôde e correu para o elevador. Desceu pelas escadas da portaria e foi correndo até o outro prédio. Não poderia deixar que o velho morresse. Sem pensar por um segundo, subiu as escadas de três em três. Chegou ao andar, esbaforido. Procurou a porta certa e viu que estava entreaberta; sem qualquer cerimônia, entrou, batendo com o ombro na madeira. Ele não poderia morrer ainda.

Lá dentro, o velho estava de frente para a vidraça e com as mãos erguidas. O cigarro queimava calmamente na mão direita, enquanto a esquerda estava espalmada para cima, vazia. Sem arma. Então, percebeu o grande erro de seu heroísmo. Desde que vira a arma não se detivera um segundo para avaliar a cena. Como o velho poderia acender o cigarro e ainda estar com a arma erguida para sua própria cabeça? E, pior, para a própria nuca? Ele não estava se suicidando, estava sendo assassinado.

Lentamente, começou a girar o corpo em direção à parede oposta, pressentindo o pior, até que sentiu uma leve pressão em sua cabeça, e ouviu um clique maligno.

— Ora, ora, Helminst. Parece que temos companhia — disse uma voz abafada atrás de si.

— O-o quê? — disse Helminst, sem se virar. Seria esperança

naquele tom trêmulo? Não sabia.

— O que faz aqui? Não tinha algo mais importante a fazer do que interromper o reencontro de velhos amigos? — perguntou a voz, vertendo malignidade.

— Por favor, você não pode matá-lo... — começou a responder.

— Tarde. É tão tarde...

— Deixe-o ir, por favor — tentou dizer o velho, mas o estampido não deixou que as palavras saíssem. Foi bem rápido e nem fez tanto barulho como esperado. O clarão durou um breve momento. No outro instante, o velho estava caído no chão.

O assassino o empurrou contra o corpo de Helminst e correu para o corredor. Muito rápido, tudo muito rápido. Até hoje ele não sabe como era o assassino, pelo menos foi o que disse à polícia. Mas, lembra bem dos últimos momentos de vida do velho. De como se aproximou e levantou a cabeça enrugada em suas mãos. Da boca vertendo um filete fino de sangue e uma baba rosada espumante. E de como seu coração parecia estar abandonando-o, e tingindo de branco o seu rosto com uma velocidade incrível. Não tinha muito mais tempo.

— O telefone, senhor Helminst...

— Sim. Em cima da mesa. Emergência — disse, quase num sussurro.

— Não, senhor Helminst. Há uma meia hora. O senhor estava ao telefone. O que o senhor falava? Com quem? Por que estava tão nervoso?

O velho o encarou com surpresa nos olhos e tudo que conseguiu dizer antes de morrer foi:

— Quem dera!...

O CARREGAMENTO, PARTE I

UM FURACÃO, FOI O que disseram. Pra mim, parecia que o céu ia desabar. Nunca vi tanta água em toda a minha vida, e acho que se Deus não tivesse desistido do homem, aquele podia ser um novo dilúvio. Não que pudesse reclamar, se fosse o fim dos tempos, pelo menos poderia levar os bastardos que me colocaram aqui com uma corda no pescoço, em pé na praça pública de Abalone, por um crime que – diziam – cometi.

Não sou santo, mas, juro por Deus, não atiro pelas costas de homem nenhum, muito menos um banqueiro. Prefiro ver os olhos do bastardo que vou matar.

Já era noite, todos na cidade estavam onde deveriam estar. Fornicando como bons cristãos, ou dormindo como Deus sabe o que. Enquanto isso, estava eu ali, ao lado daquele louco que não parava de falar um segundo. Um monte de besteira sobre índios, maldições, trens e...

— Você disse ouro?

— O que?

— Ouro, ouvi você dizer algo sobre ouro?

— Você não ouviu nada do que eu disse, né? Mas, me deixe terminar; por fim todos na cidade estavam mortos, e quem estava comigo no trem eram...

— Não, não, me conta do início. Não negue isso a um condenado. Temos até amanhã de manhã antes de nos enforcarem.

Ele olhou pra minha cara e balançou a cabeça, começando a história do início.

Eu estava lá, na cidadezinha de Abalone, quando, debaixo de um aguaceiro, um condenado, como eu, contou a história mais insana que já ouvi... e pela segunda vez.

Seu nome era Coiote Louco, um apelido carinhoso dado pelo seu bando enquanto vagavam pelas terras do Novo México, e antes de o amarrarem a um cacto para morrer sob ataque dos abutres. Era um homem de atitude e de humor lunar. Teve um de seus dedos cortados por causa de jogo e até disse para o homem que o mutilou (enquanto apertava sua bota na garganta do infeliz na mesma noite antes de matá-lo) que a cirurgia tinha-lhe poupado o trabalho de praticar com pistolas. Sempre fora bom no rifle, nem tanto pela pontaria, mas pela selvageria com que descarregava o tambor. Podia estraçalhar corpos em frações de segundos. Por isso não estava a fim de novas experiências.

Estava vagando por Abalone depois de infrutíferas empreita-
das, quando fora reconhecido e convidado para uma pequena
reunião de "jogo" nos fundos do Saloon, em um quarto atrás
de um tapume, no fundo do porão. Lugar sem janelas e cuja
ventilação dependia daquilo que passava por baixo da porta.
Era tão desacostumado com a luz que até mesmo os morcegos
eram albinos.

Estava presente a estirpe mais malfazeja do Oeste, cujos
nomes não quis me dizer, mas pude, ao longo da história, reco-
nhecê-los. Eram eles: Bob Lagarto, um punguista raquítico de
quinta categoria; Bonitão, um boxeador aposentado por conta
de seu queixo de vidro e por uma dívida insolúvel; James "Lua
Sentada" Mojavo, um indígena bêbado ladrão de cavalos; e
Marv Cassidy, o pilantra mais fedorento do lado ocidental do
Mississipi. Havia também um 'china', desconhecido por mim,
que decidi chamar de Kato. O tema da reunião era uma proposta tentadora e irrecusável: um carregamento de ouro.

Os estados federados, depois da guerra, começaram a se
organizar de forma política e financeira sob a tutela do Norte,
que não queria perder a vantagem sobre o Sul destroçado,
o que implicava na colonização do desconhecido Oeste e da
extração de suas riquezas antes de qualquer outro. Mas, isso
demandava a solução para um problema de logística. O que
adiantava roubar dos índios suas terras se não pudessem levar suas riquezas para serem consumidas? Era preciso criar
vias seguras de escoamento, como estradas, barcos a vapor
e, principalmente, ferrovias. Afinal de contas, era um transporte confiável, rápido e seguro. Ninguém queria índios fedo-
rentos atacando diligências e roubando a produção de dias de
trabalho honesto. Um vagão é bem mais complicado de ser

abordado. Então, houve um esforço enorme em cortar o Oeste com trilhos de ferro. Muitas cidades prosperaram com isso, tornando-se estações permanentes e postos de comércio oficiais. Abalone, infelizmente, nunca foi uma dessas. A sua estrada de ferro enfrentou diversos problemas para ser finalizada, devido a ataques constantes de índios (que não queriam que passassem por suas terras sagradas), terrenos movediços e, principalmente, superstição. Então, deixaram a estrada de Abalone pela metade e construíram outra circundando a cidade. Mas, mesmo esta ligava poucas cidades, a maioria inexpressiva e sem valor algum, por isso quase não passava trem algum por ali. Era realmente uma ferrovia-fantasma.

Até que, há uns seis meses, numa cidadezinha do meio-oeste chamada Deadwood, segundo informações de Marv Cassidy, descobriu-se uma mina recheada de riquezas, possivelmente ouro, que não foi alardeada. O proprietário a explorava quase que somente com a força escrava de seus seis filhos, e de alguns poucos índios Mojave, a quem pagava com rum e carne-seca. Ninguém sabia daquele lugar, apenas o seu único cliente: o governo dos Estados Unidos, que passou a utilizar a ferrovia de Abalone para visitas esporádicas à cidadezinha benquista.

O plano já estava pronto quando Coiote Louco aceitou a empreitada. Havia um entroncamento na estrada de Abalone que levava ao trilho não terminado. A ideia era fazer com que o trem fosse desviado por essa via e, antes que o maquinista percebesse, ou descarrilasse, o bando faria a abordagem a cavalo. Marv disse que não haveria muitos guardas, uns doze, no máximo, pois o governo não gostava de levantar suspeitas sobre o carregamento. O trabalho de parar a máquina foi dado a Kato; parece que o amarelo tinha habilidades estranhas para a tarefa. O resto daria conta dos guardas. O trem só seria esperado na manhã seguinte, às 7 horas, na próxima estação. Teriam, então, a noite inteira para aliviar a carga antes de qualquer incômodo.

Uma semana depois, à noite, estavam a postos com tudo pronto. Bob Lagarto esperava com a carroça, enquanto o restante estava a cavalo e com lenços cobrindo o rosto, esperando o trem. A estrada abandonada foi desobstruída e o entroncamento, devidamente alterado. Os homens estavam entusiasmados e falavam sem reservas, fazendo planos do que fariam com sua parte.

— Comprarei fazendas — disse Bonitão, uma figura estranha sobre o cavalo. Corpulento, parecia que a combinação entre homem e animal estava invertida.

— Darei festas e comprarei bebidas e mulheres — sorriu o índio James.

— Besteira, as três coisas vão só dilapidar o resto da grana — disse Marv Cassidy, tragando seu cigarro. — Dinheiro tem que gerar dinheiro.

— O que pensa em fazer, chefe? — perguntou Bob Lagarto.

— Vou abrir um prostíbulo. O empreendimento mais antigo do mundo – a fumaça do cigarro saiu com um sorriso maroto e sonhador.

Coiote Louco reparou que o 'china' não falara nada até aquele momento, e perguntou o que ele queria. A reposta veio com um sotaque carregado e pausado, como se escolhesse bem as palavras:

— Necessidades de todos são básicas, o desejo vem com a posse.

Ninguém entendeu nada. Contanto que o esquisito fizesse

sua parte, poderia comprar a filosofia que quisesse com o dinheiro dele, que ninguém estaria nem aí.

Marv botou o pé no trilho e sentiu a vibração, fez sinal para que Bob tocasse a carroça seguindo o trilho e aguardasse por eles mais à frente. Todos checaram suas armas e depois foram para trás de um rochedo à espera da riqueza que se aproximava. Não demorou muito para ouvirem o metal em marcha. Não havia luzes, mesmo porque não deveria haver vagões de passageiros, apenas uma grande massa negra rompendo, com velocidade, o ar. Mas, havia algo de estranho naquele corpo de ferro. Mesmo por trás da fumaça densa, que, ao invés de ser expelida pelo alto parecia ser bufada para frente e para os lados, podiam-se ver reentrâncias na fuselagem e apêndices que mais pareciam escamas negras do que as estruturas conhecidas e moldadas pelo homem. Quando o monstro de metal mudou de direção, entrando pelo caminho da ferrovia interrompida, todos ficaram parados, apalermados. Com exceção de Marv e Kato, que dispararam em perseguição.

— Ao trabalho, seus moloides... — gritou Marv, enquanto se afastava.

Esporas furaram a barriga dos animais e a poeira foi erguida. Não havia muito tempo para perguntas, os sonhos de aposentadoria de todo mundo estavam fugindo deles. Gritos de incentivo eram entoados entre os cavaleiros e logo estavam emparelhados com o monstro de metal. As rodas sobre os trilhos moviam-se velozmente, quase como se impulsionassem sozinhas, ganhando mais e mais velocidade. Os vagões eram negrumes puros e pareciam oleosos com a fuligem espessa que saía das narinas da locomotiva. As portas estavam lacradas, sem sinal algum de vigias. O que estavam esperando?

Coiote Louco tentou pegar uma alça entre os carros, mas não conseguiu; num segundo estava ali, no outro, não. Ele piscou várias vezes para ter certeza do que via, mas parecia que o trem inteiro estava ondulando, de uma forma ou de outra. Mais à frente, Kato ficou em pé sobre o animal e, num movimento acrobático, saltou para cima de um vagão. Logo seu corpo foi tomado pela fumaça, e ninguém mais viu nada dele. Lua Sentada gritou algo em Mojave e atirou contra a fuselagem. Um eco agonizante foi a resposta e a máquina pareceu lutar para ganhar mais velocidade, com uivos e estrondos por todos os lados.

Marv gargalhava, enquanto atirava para cima, gritando sem parar, como um louco: — Você vai ser meu, maldito! Todo meu. Então, o monstro uivou e disparou desenfreadamente para frente. Os cavalos davam tudo, mas não conseguiram acompanhar. Em pouco tempo, tudo que tinham do trem eram um rastro de fumaça e um som chacoalhante ao longe.

Os cavaleiros reuniram-se em volta de Marv. Com exceção de Bob Lagarto, que ficara para trás com a carroça. Estavam todos exaustos e doloridos. Alguns dos cavalos estavam com a língua de fora, sedentos; o de Bonitão mancava um pouco e se movia reclamando. Ninguém conseguia falar, por causa de tanta poeira e fuligem na garganta. Então, Bonitão reuniu tudo e cuspiu:

— Logo aquilo vai descarrilar. Não vai?

A verdade martelava na cabeça de todos. O trilho inacabado não era longo, e eles já haviam cavalgado pelo menos o triplo de sua extensão. Mas, a via ainda estava aos seus pés, estendendo-se, indefinidamente, em direção ao som metálico que se afastava mais e mais, sem parecer que iria, uma hora, parar.

Eles olharam para a cara de Marv, que continuava sorridente fitando o horizonte sem responder à pergunta.

— Marv... — Coiote Louco disse, com cuidado e no tom mais amistoso possível — em que merda você nos colocou?

A noite estava escura e havia uma bruma espessa em volta deles, mas dava para ver com perfeição o olhar insano de Marv Cassidy avaliando-os, talvez decidindo se era uma boa hora para contar a verdade, ou simplesmente começar um tiroteio.

— Vocês viram como ele era lindo?

— O quê? — quis saber Lua Sentada, rabugento.

— O trem. Disseram-me que seria assim, mas de início não acreditei. 'Eles moldam seus exércitos', falaram, mas não acreditei.

— Quem disse o quê, seu doido? — disse Coiote, já com a mão no coldre; odiava papo de maluco.

— O Barão. Ele sabia dos artefatos. Sabia o que eles poderiam fazer, mas não me disse como usá-los. Ele nos contratou para pegá-los da Federação...

— Porra! — Explodiu Bonitão, com um soco no rosto de Marv, que voou para o chão. Você nos trouxe aqui por um monte de lixo de índio?

Lua Sentada não pareceu se ofender e, pelo contrário, sacou seu rifle e apontou para o peito de Marv.

— Vou acabar com essa palhaçada e aí poderemos voltar para o Saloon para uma rodada de uísque por conta do senhor Cassidy.

— Escutem — Marv levantou-se letamente da poeira, limpando com as costas da mão o sangue do nariz quebrado. — Menti para vocês. É verdade. Mas, o que diriam se eu dissesse que viríamos atrás de artefatos místicos? Iriam rir de mim, não me dariam atenção. E a coisa é real, não me digam que não repararam no trem. Pelo amor de Deus! Vocês o viram. Ele era monstruoso, totalmente não natural. Aquelas coisas o moldaram para servir melhor. Eles podem fazer esse tipo de coisa...

— Vamos embora daqui — disse Coiote, virando seu cavalo e sendo seguido pelos demais.

Marv parou por um segundo e então lhes falou, num sussurro. Tão baixo que não deveria ter sido ouvido pelos demais. Mas, parece que há forças que impulsionam o universo, que podem fazer balanças penderem, ventos soprarem, e a cobiça ser despertada no coração de um homem com um leve sussurro contra o vento.

— Mesmo que não acreditem em mim, todos os artefatos são feitos em ouro. E deve ter pelo menos umas duas mil peças lá dentro. Cada uma pesando uns dez quilos. E, então, estão mesmo decididos a ir embora? Não consigo carregar tudo sozinho e meu empregador não precisa saber o número total das peças. Precisa?

O homem parou de contar sua história por um momento e abriu a boca para sorver um pouco do aguaceiro que caía. Ficou um tempo degustando em silêncio, enquanto eu o encarava com um ódio terrível pelo seu descaso pelo público.

— E então? Vocês aceitaram ou não?

Coiote Louco olhou nos meus olhos com um sorriso triste nos lábios.

— O que esperava? Quem poderia desejar com tanta intensidade algo e desistir tão prontamente por causa de umas poucas histórias para dormir? Na verdade, éramos todos uns fracos. Fortes para desejar, mas fracos para resistir.

— Mas, o que aconteceu depois?

— Só um instante, meu amigo. Dê-me um tempo para aliviar a garganta. Prometo que não demorará nem uma semana.

Continua....

O VAZIO

O VAZIO SEMPRE FOI uma coisa que me incomodava. O que é um problema na minha profissão, já que estou cercado por ele. Quando era criança, deitava, à noite, no chão na chácara de meu pai e olhava para o alto. Ficava ali por muito tempo, observando as nuvens e as estrelas. Gostava de imaginar que podia cair para o alto indo em direção às nuvens e que, ao chegar lá, olharia para cima e veria a Terra e as pessoas de cabeça para baixo. Era divertido. Mas, sempre as nuvens iam embora e eu ficava olhando para a escuridão cheia de furos brilhantes do céu e aquilo era apavorante. Pois, se eu caísse, não haveria em que me segurar, iria cair e cair indefinidamente direto ao infinito, sem qualquer forma de voltar. Por mais que essa ideia me aterrorizasse, não conseguia fugir dela. Sempre voltava a me deitar e a imaginar tudo de novo.

Acordei com um pequeno formigamento na perna. Não tinha me exercitado nos últimos dias e esse era o preço que pagava por minha preguiça. Janete iria me azucrinar. Puxei meu corpo pelas braças da cabine e ganhei o corredor. Olhei os sensores; 11 horas pelo horário do Texas, fora isso nada mais alarmante, pressão estável, nenhum alerta ou comunicados perdidos. Fui até a cozinha. Remexi na caixa à procura de algo doce. Achei pasta de pistache, era a única coisa doce que restara.

— O que fez com os granulados? — olhei para a cadeira. — Sempre quieta, hein? Tudo bem, não vai ter sobremesa hoje.

Comi sem vontade e bebi algo sódico, não sei o que era, não sou nutricionista, sou apenas o técnico em comunicações. A Uhura desta missão. Mas, se nos mandam tomar, o que posso fazer? Olhei para as cadeiras. Miguel estava remexendo seu prato e Samanta ainda admirava suas unhas como na semana passada e nos meses antes. Não tinha muito para eles, sempre foram inexpressivos demais para lhes dedicar mais do que alguns momentos no café da manhã. Gostava de tê-los comigo simplesmente pela companhia silenciosa do desjejum.

— Vocês ainda vão me deixar louco.

Não me demorei muito e fui para minha cabine. Havia canetas e papéis flutuando por toda parte. Alguém não tinha prendido com cuidado a prancheta, na noite anterior. Com certeza, esse alguém era eu. Nenhum de meus amigos teria feito isso. O teto era coberto por uma grande escotilha que me deixava por vezes ver o infinito e o vazio (para o meu tormento). Mas, agora, a visão era de tirar o fôlego. Júpiter estava esplendoroso. Dava para ver as tempestades e a maré de gases rodopiando e mudando o solo enquanto se deslocavam de um polo para outro.

— Você não vai trabalhar?

Janete. Sempre me atazanando. Olhei para os mostradores. A tela azul estava vazia. Nada, em setor algum. Nenhuma mensagem ou perturbação magnética. Não havia coisa alguma aqui para mim. Passei a mão pela barba por fazer. Poderia ter usado a navalha hoje, mas para quê? Quem iria ver?

— Eu iria.

— Cala a boca. Isso já era estranho antes de você tentar cuidar de mim.

— Todo mundo precisa de mimos. Por isso estou aqui, porque você precisa de uma mãe.

— Você não é a minha mãe.

— Tem razão, sou gostosa demais. Com certeza não foram meus dotes culinários que o atraíram quando deixei a estação.

Era verdade, reparei nela logo no primeiro dia. Quando foi embora, senti como tivesse perdido uma grande oportunidade de sexo. Sempre que pensava em Janete meus hormônios explodiam. O adesivo antilibido lutava a toda para me frear. Mas, ultimamente, não era disso que precisava. Precisava de companhia. Resolvi esquecer Janete e deixá-la quieta onde estava. Aquilo era realmente estranho.

Olhei pelos monitores para cada setor da nave. Cozinha. Zap. Escafandros. Zap. Corredores. Zap. Ponte de comando. Zap. Decks de armazenagem. Tudo vazio. Estava tão sozinho. Há mais de seis meses não conversava com viv'alma. Nem mesmo pelo rádio. Estava em uma estação-fantasma, cuja única missão era vigiar e aguardar novas ordens. Era dispendioso demais para a Federação manter um grupo grande de astronautas, por isso precisava apenas de uma pequena equipe. Um técnico em comunicações e outro de operações. Uma pena que Lúcio havia batido as botas num passeio para consertar alguns defletores solares. Ele era bom no carteado. Um substituto só viria quando houvesse algum candidato dentro de alguma nave mercante que passasse por este perímetro. Ou seja, nunca.

Zap. Laboratórios. Zap. Observatórios. Zap. Casa de máquinas. Havia passado quase o dia todo e nada. Olhei para as poltronas vazias ao meu lado e me segurei para não trazer Janete de volta. Olhar os seus seios iria me trazer algum conforto. Mas, não. Massageei os olhos para combater a ardência. O sono ultimamente custava a vir, mas o corpo não queria nem saber. Coloquei algumas aspirinas na boca e comecei a mastigar. Era reconfortante sentir a dor ir se esvaindo. Então, um estremecimento passou pela minha espinha. Olhei para o monitor e havia algo estranho no deck de armazenamento. Havia uma lata jogada no chão.

— O que pode ser isso, Jack?

— Quieta, Janete.

— Você não vai lá olhar?

— Falei pra calar a boca. Agora não.

— Está com medo. Está apavorado como uma criancinha perdida no escuro.

— Vá pro Inferno.

Desci pela escotilha e a deixei para trás. Para chegar ao deck, precisava passar por uma longa passarela até o segundo módulo, que era como um enorme êmbolo. Passei pelo arsenal e peguei uma pistola e uma lanterna.

— Precisa de ajuda?

— Não, Miguel. Pode comer seus cereais em paz.

— Obrigado, Jack. Você é o cara, você é o único capaz de lidar com qualquer coisa. Ninguém mais poderia fazê-lo.

— Para com isso. Não deve ser nada. Só uma lata solta.

— Sim. Mas, se não for... você dá conta.

— Pois é...

Caminhei lentamente pela passarela. As botas se firmando magneticamente. As portas estavam lacradas. Digito a senha: overlook. Entro no segundo módulo e atravesso o corredor até o deck de armazenamento. Olho em volta. A sala estava repleta de caixas e tonéis, prontos para reabastecer qualquer nave que viesse até ali. A lata estava ali. Mas, de onde tinha vindo? Quem a havia derrubado? Olhei-a em minhas mãos. Era de fluído, para lubrificar componentes mecânicos dos trajes espaciais. Fui até o terminal e olhei a sala dos escafandros. Que é isso? Um dos quatro estava armado! Pronto para ser lançado ao espaço. Quem tinha mexido nisso?

Então, ouvi a risada.

— Jack. O que foi isso?

— Volte para a cabine, Janete.

— Não, mesmo. Vou com você; eu me sinto mais segura ao seu lado.

— Não foi nada. Devem ter sido placas soltas rangendo. Lúcio não teve tempo de prendê-las.

— Mesmo assim, temos que dar uma olhada.

— Por quê? Não há nada vivo nesta nave, além de mim.

— Justamente por isso, precisamos saber, Jack.

Alguns momentos depois estava na sala dos escafandros. A arma em punho e à frente.

— Quem está aí? — disse eu, acendendo a luz.

Estava tudo quieto sob o olhar fluorescente. Tudo esteriliza-damente limpo e vazio. Olhei para dentro do escafandro. O painel estava aceso e os códigos de acesso haviam sido digitados e o curso traçado. Era impossível.

— Sim, Jack. Apenas uma pessoa poderia travar esses comandos.

— Impossível. Fui até um terminal e digitei alguns códigos.

— O que está fazendo?

— Olhando a câmera de segurança. Quero dar uma boa olhada em nosso visitante.

A imagem estava escura e cheia de chuviscos enquanto retrocedia no tempo – 12 horas. Vamos adiantar, agora. Prestei atenção enquanto a cena era passada em alta velocidade. Então, por uma fração de segundo, vi um movimento na sala. Parei e voltei, passei em velocidade normal. Houve uma pessoa ali. Estava escuro, mas dava para discernir algumas coisas. Ela usava um uniforme da Federação completo. Foi direto para o painel e armou o escafandro. Abriu a escotilha e mexeu lá dentro. Em seguida, voltou e pegou algo dentro de uma bolsa e o colocou dentro do aparelho antes de sair da sala.

— Então, não estava sozinho. Olhei para os olhos de Janete e vi tristeza lá. Ela podia ver meu rosto se iluminando e sabia que seus dias estavam contados.

— Jack.

— Preciso encontrá-lo.

— Não faça isso. Você não sabe quem é. Não sabe o que ele quer.

— Não importa. Vou prendê-lo e, então...

— Fará amizade com ele? Irá conversar com ele? Projetar sua solidão?

— Não sabe o que está dizendo.

— Não? Sabe o que é Síndrome da Cabana?

— Vai pro Inferno.

— Está delirando. Não entende? Está sozinho há muito tem-po. Está criando tudo isso, como nos criou na sua mente. Posso ser a voz fraca da sua razão.

— Ou a âncora que me arrasta para o fundo da insanidade.

Janete pareceu se ofender. Seus olhos ficaram mareados e me arrependi do que disse. Tentei me desculpar, mas ela me encarou com ferocidade.

— Lembra da lata no deck de armazenamento? Lembra de onde a viu antes dali?

— Do que está falando?

— Puxe na memória. O que fez o dia todo? O que fez?

— Fiquei na sala com você.

— Ficou mesmo? Não se lembra de ter ido ao banheiro?

— Sim. Sim, me lembro.

— E das armas? Lembra de colocar uma contra a cabeça?

Não lembrava. Passei a mão contra a fronte e senti uma pe-quena marca dolorosa, como se algo tivesse sido pressionado com fúria e cortado a pele.

— Janete, eu...

— Você pegou a lata depois que não conseguiu disparar. Lu-brificou os equipamentos, pois não queria que falhasse quando...

— Do que está falando? Eu...

— Olhe a imagem parada, Jack, e diga o que vê.

— Janete, eu não posso...

— OLHE PARA A TELA!

Fechei os olhos e tampei os ouvidos. Não podia ver e nem ouvi-la. O que estava acontecendo comigo? Minha mente esta-va me pregando peças. A quem poderia ouvir? No que poderia confiar? E se estivesse ficando louco? E se uma pequena brin-cadeira mental para passar o tempo e para aplacar a solidão pudesse me levar às bordas da sanidade? Será que haveria volta? Abri os olhos e encarei Janete, Miguel e Samanta parados a minha frente. Estavam ali comigo, aguardando o desfecho daquilo. Então, olhei o monitor. De imediato não reconheci a pessoa que havia manipulado o escafandro. Então, apertei alguns botões, clareei e aproximei a imagem. Focalizei para perto do rosto e, para minha surpresa e tormento, vi a mim mesmo, ali.

Caí de joelhos e, por alguns instantes, perdi o fôlego. O que estava acontecendo? Chorei descontroladamente em pavor. Tentei agarrar o pé da mesa (não sei nem pra quê) e puxar o ar para os pulmões, então ouvi a risada novamente. Olhei para trás.

Em pé, divertido, estava Lúcio. Ainda usava a roupa de passeio espacial. O capacete estava rachado e dava para ver o rosto estourado pela pressão negativa. Suas veias em hemorragias e os olhos negros.

— Vamos, Jack. Não vá trair a si mesmo. Há um último trabalho engendrado por você mesmo.

— Me perdoe, Lúcio. Eu devia ter ido com você.

— Não seja tolo. Era o meu trabalho. Está tudo bem. Vamos, levante-se.

— Para onde vou, Lúcio? Para onde eu quis me levar?

— Jack, Jack...

Ele me ajudou a levantar e me colocou dentro do escafandro. Coloquei o cinto e limpei as lágrimas. Liguei alguns botões e regulei o que tinha que regular. Então parei com medo. Olhei para Lúcio.

— Como é lá fora? Como é estar no vazio?

— É como cair... e sentir o corpo cortando o nada, sem o que agarrar, como uma faca quente sobre a manteiga; mas, por incrível que pareça, não há o vazio. Você pode senti-los. Estão todos lá. Cada um daqueles que deixamos para trás ou que virão depois de nós. Eles fazem parte do próprio éter. Vagando dentro do nosso casulo de metal, fazemos parte de algo que perdurará para sempre. Um destino anterior a todos nós. Somos parte do Nada.

Tive um estremecimento, e aí compreendi qual era o meu medo de vagar pelo vazio. Era de estar só. Não tinha mais esse medo. Apertei os últimos botões, a nave se abriu e o escafandro lançou-se para o espaço. Olhei pela escotilha e vi Janete, Miguel e Samanta ao lado de Lúcio no deck da nave. Eles me observavam com tristeza e abanavam as mãos em despedida. Gostaria de poder trazê-los comigo, seria uma companhia nesta última jornada. Mas, não seria justo, para onde iria não haveria lugar para eles. Por que mais pessoas precisariam sofrer por conviver comigo?

Então me lembrei de uma coisa e olhei embaixo do banco. Havia um bilhete lá. De mim para mim. Desdobrei-o e comecei a chorar depois de ler. Gritei desesperadamente insultos e blasfêmias, consumindo o precioso ar que se esvaía ao meu redor com meu ódio e meu rancor. Desejando que, se houvesse justiça do outro lado, que eu tivesse oportunidade de me vingar de quem havia me enterrado naquele esquife no meio do nada. Mais tarde, doze horas depois, eu estaria morto e ao meu lado, caído no chão, estaria a prova de minha inocência do meu próprio assassinato. Infelizmente, para ninguém nunca ler as seguintes linhas...

Desculpe, Jack. Mas, era o único jeito. Espero que nos perdoe, pois não podíamos mais viver dessa forma, na solidão desolada desta estação. Você nunca nos permitiria partir, amava-nos de forma egoísta demais para isso. Por isso, só havia um jeito. Precisávamos matá-lo para podermos morrer. Esperamos sinceramente que não sofra. Todos temos que fazer o possível, mesmo no impossível, por nós mesmos. Temos certeza que entende isso, pois nos criou segundo essa lógica. Adeus. Assinados: Miguel, Samanta, Lúcio e Janete.

PIXEL SOLITÁRIO

A DOUTORA DISSE QUE seria melhor eu escrever num blog. Não estou bem certa disso, mas ela acredita que vai me ajudar a colocar pra fora meus fantasmas, encarar minhas frustrações e desejos, encontrando ajuda nos anônimos da Internet. Blá--blá-blá...

Enfim, café na mesa, uma maçã, janela aberta, dia nublado e o laptop aberto. Fiz uma conta gratuita no blogspot, mas até agora não me veio nenhuma ideia de post. Olho para a caixa de texto esperando por mim, já até configurei uma categoria para o que vou escrever, mas até agora não veio nada. Quando dou por mim, estou perscrutando a rede. Começo pelo Google, e logo estou vendo notícias internacionais, piadas de mau gosto e alguma pornografia. E o blog fica para trás, perdido no meio das abas do navegador. Numa página seca e escura, puro texto, encontro um banner que me chama a atenção: "Não seja mais um pixel solitário. Clique aqui".

Meu café tinha esfriado, só tinha dado uma bicada nele, fui até a cozinha e voltei com uma nova carga. Olhei novamente para a tela; para o banner. Não era impressionante? Algumas letras e um quadradinho branco no fundo preto como ícone. Um pixel solitário, isso é o que eu sou. Meu marido tinha me largado logo depois que tive nosso filho; disse que não estava pronto para este compromisso (porra, e esperou nove meses para me falar?). Meus pais acharam, e com razão, que eu não era "psicologicamente apta" a cuidar de alguém e me tomaram o meu Brian no juizado (foi para o bem do garoto, disseram, mas não passo um dia sem pensar nele). E, para piorar, era o terceiro dia que faltava ao trabalho.

Há uns quatro meses que ninguém me liga, tudo que há para me lembrar que existo são algumas contas no criado-mudo.

Sentei novamente na cadeira e cliquei no botão. Se havia um site pra mim, seria esse. A página demorou para carregar, pensei logo que 'tava' cheio de flash ou de programação pesada. Peste, ninguém aprende a fazer algo direito para facilitar a vida dos outros. Mas, não era esse o caso. O link que apareceu na barra do navegador era de um endereço dinâmico, desses usados para camuflar o endereço verdadeiro, possivelmente, direto do computador do dono do website, por isso a lentidão. Aquilo me aguçou a curiosidade. Sempre fui tarada por informática, desde a época do IRC e das musiquinhas midis dos sites toscos. Gostava de roubar coisinhas, como gifs animados e fotos de atores para colocar em minhas páginas bestas, que sempre me enjoavam em dois meses. Saber que alguém montou seu próprio servidor caseiro deixou-me fascinada.

A tela foi escurecendo e as seções, aparecendo. Era um layout bem feito, sóbrio e com fontes bem leves. De cara, mostrava um quadrado branco no topo e uma frase ao lado: "Pixel Solitário". E o texto de abertura logo abaixo:

"Estamos em um mundo que não foi feito para nós. Quem nos dá as escolhas de ser quem somos? Estamos sozinhos, porque a natureza humana escolheu nos fazer assim. Somos seres sociais, que vivem em corpos solitários. O que pensa o seu vizinho, seu irmão, seu namorado? Quem sabe o que escondemos a cada dia, sob máscaras, dos outros, seja por maldade ou por boas intenções? Se pudéssemos escolher, quem seríamos? Escolheríamos ser solitários, sozinhos numa imensidão de pessoas? Ou optaríamos por conviver como uma entidade única, em comunhão com cada parte de seu corpo? Pense nisso! Entre em nossa comunidade. Faça parte de algo grandioso".

Novamente, o café frio. Dessa vez não fui atrás de uma nova carga, fiquei encarando o botão azul que piscava: entrar.

Era besteira. Sempre podemos fechar o navegador e ir dormir, na pior das hipóteses um Ctrl+Alt+Del, e pronto. Mas aquilo me deixava inquieta, por algum motivo o site todo dava um ar de solenidade, de red pill e blue pill. Era uma escolha que tinha de ser feita, um momento de pesar prós e contras, ou, simplesmente, chutar o pau da barraca e "vamos ver no que dá". Mas, não queria pensar muito, não era por isso que estava ali, era pela curiosidade e para me afastar cada vez mais da aba do meu blog.

Cliquei no botão e logo abriu uma janela com um vídeo.

Ondas em espirais, chuviscos e, de repente, uma barra de

cores. A tela ia se aproximando das barras, num zoom vertiginoso, que mais parecia uma queda livre sobre rosas, verdes e azuis. Passei por um espaço em branco entre as barras e, então, estava submersa num mar multicolorido e sombrio, iluminado apenas pelo prisma. Ao redor, diversas faíscas flutuantes, como resíduos elétricos ou poeira numa janela ensolarada. A velocidade aumenta e estou singrando como um carro turbinado perto dos brilhos que agora parecem telas de TV. Há murmúrios, choros, risadas e conversas felizes, rostos sorridentes, crianças, velhos, famílias. A velocidade aumenta, tudo vira um borrão, como num túnel de montanha-russa. Eu vou cada vez mais para baixo, curvando de um lado para outro com explosões de luzes coloridas a cada mudança de direção. Fico nisso por um bom tempo, até ficar zonza e com manchas verdes e azuis nos olhos. Quando acho que isso nunca mais terá fim, chego a um lugar escuro, sobre um lago negro, com nevoeiro sobre as margens. Estou sozinha, mas há algo atrás de mim. A tela gira e olho para trás, e então vejo um espelho flutuando sobre as águas. Vou até ele. É um espelho de corpo inteiro, sua imagem está escura, mas, quando me aproximo, vejo tudo clarear e, para minha surpresa, vejo a mim mesma, sentada de frente para o laptop.

Atrás de mim, o meu quarto, tal como é de verdade, mas, há algo de diferente. Há um vulto negro, uma pessoa atrás de mim. Olho para trás, para dentro do meu quarto real, mas não há ninguém lá. Olho em volta, assustada, e, nesse momento, percebo a brincadeira. Uma jogada muito inteligente. Usaram a minha própria webcam para me filmar e então aplicar o vulto atrás de mim. Começo a rir aliviada e viro-me novamente para o laptop para ver o final do vídeo, quando percebo que a luz da webcam estava desligada.

Olho para baixo, para o vídeo, e lá estou eu me encarando novamente, com o vulto atrás de mim. O vulto avança e segura meu cabelo dentro da tela. Sinto a pressão no meu pescoço no mundo físico. Seu rosto se aproxima de minha orelha virtual e posso ver milhares de bocas naquele rosto, e elas me sussurram algo que sai de minhas caixas de som, mas sentindo o bafo em minha orelha física, como o eco de uma multidão:

"Nunca só".

E então ele me empurra contra a tela e tudo se apaga numa inconsciência branca.

Se você está lendo este mail, envie para mais pessoas. Essa é uma corrente que pode salvar vidas. Minha esperança é que ela dure muitos anos e que de alguma forma ela possa alcançar o meu filho Brian, quando ele tiver idade para se interessar pela Internet.

Filho, se estiver lendo isto... Clique Aqui... Mamãe sente sua falta...

IMPERADOR

Spartacus olhou pela janela mais uma vez naquele dia. Lá fora os comerciantes andavam apressados de um lado para o outro levando mercadorias e cidadãos preocupavam-se com os seus afazeres.

Mais à frente, na praça central, sua efígie brilhava ao sol poente e alguns centuriões faziam uma barreira humana contra possíveis agitadores depois das decisões daquela manhã.

Não foi uma tarefa fácil enfrentar o Senado. Havia mágoas e ressentimentos demais para que qualquer discussão pudesse ser ponto pacífico. Até mesmo a luta contra os piratas nas costas de Roma fora um duelo espinhento com Cato, Pompeu e Crasso. Nada que pudesse fazer poderia trazê-los para o seu lado, com exceção talvez de seu próprio suicídio. Mas, não podia evitá-los, ainda eram donos das terras de Roma; um ataque contra o patrimônio sem um plano bem elaborado poderia levar à Anarquia e as ruas já estavam infestadas demais com os filhos da revolução – todos ex-escravos que se tornaram mendigos, depois de terem sido libertados por Spartacus. Ninguém podia contratá-los, não havia dinheiro. De uma hora para outra, cada negócio baseado na escravidão, e não eram poucos, havia quebrado por não poder se adequar ao trabalho assalariado. Houve um colapso nos meios de produção. Nem mesmo a lavoura foi colhida ou os serviços costumeiros puderam ser honrados. Não havia comida para os romanos e por toda a cidade pequenas contendas tinham que ser contidas. Ex-escravos contra ex-donos, ou até mesmo famintos contra quase famintos.

Não fora assim que planejara a sua ascensão. Tinha imaginado o povo amando-o, levantando o seu corpo nos ombros enquanto percorriam a via principal, em Triunfo. Spartacus, o salvador. Mas, a libertação de cada escravo que houvesse em terras romanas não trouxe isso. Não foi amor que encontrou, mas sim medo e ódio. Mesmo os então escravos o temiam. Spartacus, o gladiador, escravo, que destruiu Módena e Cápua, que devastou quatro legiões romanas e que havia levado Roma à ruína.

Não havia como negar. Sentado em sua sala, despachando ordens e mais ordens ao exterior, Spartacus sabia o quanto sua utopia era pífia. Quando liderou o levante dos escravos há dez anos, juntou um exército esfomeado de oitenta mil escravos e fugiu pelos Alpes em direção à Gália. Muitos dos seus companheiros queriam retornar e enfrentar Roma com o seu poderio. Acreditavam que poderiam destruir um Império com meros escravos. Mas, Spartacus sabia que cem mil homens não valeriam de nada contra dez mil homens treinados na arte da guerra. Foi preciso fugir para poder voltar.

Uma vez na Gália, eles puderam treinar. Alguns quiseram a vida tranquila dos campos, mas muitos ficaram e, ao fim de três anos, Spartacus possuía um exército de setenta mil homens armados com o mais poderoso ferro espanhol contra Roma. Os Senadores foram surpreendidos. Tinham preocupações em todos os lados do Império e suas forças estavam divididas. Nem mesmo o então aspirante Júlio César foi capaz de fazer frente ao poder de homens rancorosos.

As batalhas levaram apenas dois dias desde que chegaram aos portões romanos. Assim, a cidade abriu-se para seu novo Imperador. Muitas cabeças precisaram ser cortadas, para que todos pudessem entender a Nova Ordem, mas, no fim, não havia muito que qualquer um pudesse fazer. Quem possuísse Roma possuiria o Império. É claro que houve cisões, tanto no leste quanto no oeste, mas nada que não pudesse ser enfrentado... amanhã.

Spartacus fechou os olhos por um segundo e massageou as pálpebras. Tanta coisa para fazer e tão pouco tempo. Desejou os seus aposentos mais que tudo, um bom banho e uma massagem. Quem sabe? uma prostituta. Não pela primeira vez se pegou lembrando-se de sua antiga terra, a Trácia. Os pomares de figueiras e o celeiro onde perdeu a virgindade. O nome da moça quase lhe escapara ao longo dos anos, mas, quando o recordou, não o deixou desaparecer novamente. Mira. Se não tivesse se juntado ao exército romano, talvez nada disso teria acontecido. Talvez fosse um mero camponês, casado com Mira, com vários moleques catarrentos como filhos. Talvez sua cidade desguarnecida de seus guerreiros não tivesse sido incendiada por bárbaros, e talvez Mira ainda vivesse sem ter sido estuprada. Quantos "ses" um homem pode carregar ao longo da vida sem enlouquecer ou definhar em amargura? Se os deuses quisessem...

— Desculpe incomodá-lo, Imperador — disse um soldado, à porta.

— O que quer?

— Encontramos o antigo ditador Cornélio Sila, senhor. Ele estava na fazenda de um antigo senador preparando-se para fugir novamente. Deseja vê-lo?

— Não inteiro, soldado. Pode ir, me avise quando terminar. Não tenha pressa.

— Sim, senhor.

Mais sangue. Em dois anos, derramou mais sangue do que arrancou nas arenas em toda sua vida. Fora preso depois que desertou do exército romano ao saber do triste destino da Trácia e vendido como gladiador a Batiatos de Cápua. Não havia escolha, matar ou morrer, na arena, ou definhar nas minas de sal. Mas, mesmo assim, havia muito sangue em suas mãos. Sangue demais.

— Você poderia simplesmente nunca ter voltado.

Spartacus olhou para o homem sentado no divã no canto da sala. Era magro, mas com músculos poderosos; havia cicatrizes brancas ao longo dos braços e uma feia na fronte. Lembrava dele de um passado seu, mas qual? Antes ou depois de ser gladiador? Antes ou depois de ser Imperador? Era uma face que lhe escapava, quase como se nunca devesse tê-la conhecido. Apesar de poder ter.

— Quem é você?

— Sou Caio Júlio César. Lutei ao lado de Pompeu contra você há dez anos.

— Está enganado. O César que conheço foi morto na batalha contra Crixus, meu segundo em comando. Era um jovem habilidoso e honrado, mas não era páreo para o campeão de Cápua.

O estranho apenas sorriu e ajeitou a toga. E então, Spartacus soube, sem ao menos saber como, que ele dizia a verdade.

— Você é mesmo ele, não é?

— Sou.

— Como é possível?

— Porque não morri. Porque não perdi aquela batalha, tampouco Pompeu. Porque você está morto e eu o respeito muito.

Spartacus olhou com cautela o estranho. Ele parecia divertido, mas de uma forma ansiosa desejava muito aquela conversa.

— Continue.

— Sempre que posso, gosto de vir para um pequeno lugar na praça central de Roma. Visto-me de mendigo e medito longe dos olhares dos deuses. A posição de Imperador ou Ditador, o que preferir, traz diversos inconvenientes. E, invariavelmente, sempre penso no que meus adversários poderiam ter feito se tivessem conquistado a minha cidade. Se, ao invés de mim, houvesse outro, como seria? Sempre penso em você. Por muito pouco, quase conseguiu, Spartacus.

— Eu não subi os Alpes, não é?

— Não. Isso teria mudado a sua sorte. Mas, você preferiu descer e enfrentar Roma. Lutou bravamente por mais de dois anos e no fim foi derrotado por Pompeu.

— Então, eu morri.

— Sim. Eu lamento.

— E o que quer com um homem morto, César?

— Quero conselhos.

— O que espera de um homem derrotado? Você é o vitorioso, o que posso ensinar a uma pessoa como você?

— Pode me mostrar o que perdi. Vejo-o aqui nesta sala e vejo a sua Roma e me pergunto se tudo isso um dia será meu; será que trilharei caminhos semelhantes? Esta dúvida ilumina meus passos. Mas, principalmente, me permite olhar para o que fui e no que me tornei e pesar na balança se valeu a pena.

Spartacus percebeu que havia se levantado durante a conversa e voltou a se sentar, olhando para os despachos em cima de sua mesa e sentindo um estranho alívio. Não precisaria mais respondê-los.

— Uma coisa que percebi no meu tempo de Imperador, César, é que nada disso vale a pena para homem algum. Ser separado de sua família pelo poder, conviver com víboras e ter sempre olhos na nuca. Mas, vale a pena para o Império e para a História. Sinto falta da Trácia e do homem que fui ou poderia ter sido. Sinto falta da mulher que poderia ter sido minha, do amor que poderia ter vivido e até mesmo das desavenças nas feiras que poderia ter provocado. Porém, tenho certeza que a História seria lesada se não existisse um Spartacus, e que Roma seria insossa sem um trácio no poder.

Os dois sorriram em concordância, antes de Spartacus continuar.

— Cabe a você, Júlio César, decidir. Entre o homem ou o deus. Infelizmente, não há espaço para os dois. Cada um tem os seus perigos, mas em níveis e graus diferentes. No primeiro, há a banalidade do dia a dia que lhe consumirá o fogo da juventude até que esteja morto antes de viver, enquanto no outro terá a violência como acompanhante. Nos dois haverá alegrias. Um filho que nasce ou inimigo destruído. Mas, o caminho que escolher o afastará do outro. Não terá os benefícios dos dois.

Não há muito que fazer. O que vai ser? Morrer de velho, ou no campo de batalha? Vida violenta, morte violenta. O que vai ser?

Julio César o encarou com seriedade, degustando a sabedoria daquilo tudo. Infelizmente, não havia muito que decidir. Alea jacta est. A sorte está lançada. No entanto, era bom entender o fardo que teria que ser carregado.

— Obrigado pelo seu tempo, Spartacus — disse Júlio, levantando-se.

— Esse não era meu nome. Foi me dado quando pisei pela primeira vez a arena.

— E como se chamava?

Spartacus riu, enquanto o ambiente ia se dissolvendo a sua volta, caminhou até Júlio César e apertou seu braço num cumprimento de legionário.

— Prometa que construirá um mundo que eu nunca poderia ter feito.

Então, a luz do sol havia se posto e Júlio César abriu os olhos e se levantou na praça central de Roma. Suas roupas eram encardidas e ele poderia até sentir as pulgas caminhando por cima de sua pele suja de lama seca, mas havia valido a pena. Ele olha uma última vez para o sol poente e, como uma prece ou agradecimento a um deus morto, murmura: "eu prometo".

OS CINCO MINUTOS QUE ANTECEDEM A TEMPESTADE

HÁ UNS ANOS, LI o que escreveu um jornalista em seu livro sobre a Teoria do Caos. Na época, não tinha muita noção e, para ser sincero, pouco me importava a dinâmica das massas atmosféricas, o crescimento populacional de rãs e os bateres de asas das borboletas. Estudava Matemática na Universidade Federal do Espírito Santo e, para o meu eterno desgosto, descobri só no sexto período que não levava vocação alguma para a matéria. A verdade é que minhas notas nunca foram lá essas coisas, e só tinha entrado na faculdade por causa da concorrência ridícula. No dia em que encontrei o livro, tinha passado a noite anterior em claro refletindo no que faria a seguir na vida, pois era evidente que seria um eterno bacharel, isso se conseguisse me formar, afinal, as opções que se descortinavam a minha frente não me animavam em nada. Não queria ser professor, não tinha saco, e para ser matemático precisava de um teorema próprio... difícil. Passei a noite em claro e, no dia seguinte, levei bomba numa prova. Minha cabeça estava rodando e eu andava entre as prateleiras da biblioteca sem olhar para nada específico – da mesma forma que se ouve uma música sem prestar atenção à letra –, quando vi o nome na capa azul: Teoria do Caos. A coisa chamou minha atenção. Eram letras garrafais e a minha vida estava uma confusão, um caos. Comecei a ler e, depois de algumas páginas, peguei-o emprestado na biblioteca.

Metade do livro foi no ônibus, pois tive a sorte de arranjar um lugar vazio logo na saída da federal e o engarrafamento das 18 horas me deu mais tempo. O texto era bem escrito, como uma matéria de revista, só que intricado, cheio de idas e vindas, num caleidoscópio de informações inebriantes. Sempre achei que caos significava desordem, um caldeirão de sopa sem sentido; alguns dos meus professores diziam algo parecido das ciências humanas, mas o autor descortinou algo novo para mim. Caos não é desordem simples e pura, mas um tipo elevado de ordem, da qual não conseguimos alcançar a totalidade. Ele exemplificou isso logo de cara com um experimento meteorológico em que os cientistas mediam virtualmente por um computador uma simulação de tempestade. A vantagem da simulação é que, ao contrário da natureza, é possível prever as variáveis que influenciam todo o processo. No entanto, qual foi a surpresa dos cientistas quando notaram que a coisa começou a se comportar de forma aleatória e imprevisível. Ninguém entendeu nada, acharam até que tinham sido sabotados, que alguém tinha contaminado o sistema de propósito. Mas, na verdade, a coisa estava totalmente certa, quer dizer, quase tudo. As leituras e as previsões de movimento que o computador fazia eram baseadas em até seis casas decimais, e é óbvio que a natureza dos movimentos atmosféricos não se importava com frações. Aquilo que era considerado desprezível por eles, como casas decimais depois da sexta, tornou-se um diferencial poderoso no sistema.

E a coisa não parava por aí. Populações inteiras de animais têm o seu crescimento regido pela Teoria do Caos, pois dependem de diversas variáveis, assim como a bolsa de valores, o desempenho de um time de futebol e até mesmo a própria história. É dito que o bater de asas de borboleta na China pode desencadear uma tempestade por aqui, justamente por fazer parte de um sistema do qual tudo faz parte. Se pararmos para pensar, nossa vida é povoada dessas casas decimais depois da vírgula. Não dá para calcular com precisão a velocidade de queda de nada, não dá para saber se tal ação será vantajosa no futuro. Na verdade, depois de ter lido metade do livro, percebi que as coisas que são "ordenadas" são meras abstrações, só existem no campo das ideias. Dois mais dois são quatro? Sim e não. São quatro coisas de quê? Eles têm a mesma massa? São, realmente, congruentes? O bastante para serem somados como iguais? E o zero? O nada não existe, o vazio é mera abstração. A própria vida pode ser uma abstração.

Nesse ponto, pousei o livro sobre o colo e olhei ao redor, fique imaginando cada microssistema que existe em cada um de nós. Somos universos que andam. Se pararmos para pensar, cada ação que desempenhamos pode acabar levando a um sem-número de outras reações, tão numerosas que se tornam imprevisíveis. Como exercício, tomei um rapaz dentro do ônibus como objeto de conjecturas. Vestia jaqueta, ouvia música pelo fone e tinha um lenço vermelho prendendo o cabelo. A barba por barbear era daquela falhada, meio indecisa entre nascer ou deixar para lá a puberdade. Ele olhava pela janela, para a noite, e talvez pensasse em algo, quem sabe na namorada, na guitarra nova que iria comprar ou no lugar que deveria ir morar, agora que seu pai o tinha colocado para fora de casa por saber que era gay. Mas, também poderia ser um assassino! Talvez odiasse mulheres e aquela loira ao lado dele o estivesse irritando com o seu cheiro doce. Ele poderia pirar a qualquer momento e sair matando todo mundo com um estilete, canivete, ou até com as mãos nuas, pois poderia ser um alpinista de fim de semana e seus dedos eram fortes como pedras. Olhando ao redor, todos tinham essa capacidade de ser qualquer coisa ou nenhuma. Só por pura sorte, todos eles seguiram por caminhos certos, só por puro caos todos não se tornaram sociopatas. Então, algo me apunhalou o cérebro e tive um vislumbre do absurdo que acabara de pensar. Como assim, todo mundo? Quem me garante que o velhinho sentado ao meu lado não é psicopata, molestador de crianças? Estatisticamente, é totalmente plausível que tenha um ou dois numa população... de quanto? Quantos haveria dentro de um ônibus lotado em cima de uma ponte? Olhei novamente para o velhinho ao meu lado e decidi por bem não tirar totalmente meus olhos de cima dele até o fim da viagem.

Procurei novamente com o olhar o rapaz de jaqueta, mas ele já não estava onde o deixei. Para onde tinha ido? Estávamos em cima de uma ponte, não tinha como ele ter descido. Levantei o pescoço e olhei entre a multidão na frente do ônibus, mas nada. Para onde, diabos, ele foi? Tentei segurar o máximo que pude, mas não consegui por muito tempo; a ideia veio e com ela o calafrio. E se o cara fosse mais que um mero assassino? Pronto, ferrou, o turbilhão veio em seguida. A realidade é enorme, nada é totalmente conhecido; a todo momento, criaturas novas são descobertas no mar e o café varia de vilão a mocinho da saúde a cada seis meses. E se o rapaz da jaqueta for uma dessas exceções que confirmam a regra? E se ele for algo sobrenatural? Um vampiro, ou um banshee, ou um chupa-cabra que o valha? Um demônio. Outro arrepio – e se ele pudesse ler mentes? Senti o meu rosto esfriar e o sangue correr para fora da minha pele. Estava lidando com probabilidades tão enormes quanto os números de Pi, e não conseguia chegar a uma conclusão, eram muitas as variáveis. Teria sido ele molestado quando criança? Comeu carne humana e achou bom? É um viciado em guerra e fez coleção de armas pela Internet? E se..., e se....

Então, o vi. Estava parado perto da porta, encostado nela, e olhava para mim. Deus do Céu, era para mim, ou para minha direção? Desviei o olhar. Teria ele lido minha mente, quer dizer, reparado que o observava? Faltavam cinco minutos para o meu ponto. Cinco longos tormentos, aguardando o inesperado, as variáveis se desvanecerem e sobrar só a certeza, aquilo que resvalou nas possibilidades e se concretizou. A amplitude das possibilidades era terrível. Poderia ser nada, ou tudo. Ele poderia me abordar para perguntar as horas ou chupar o meu sangue. Poderia ser um metaleirozinho idiota, que brigou com a namorada e se descobriu gay, procurando um apartamento para alugar, ou um demônio regateador de almas. Tentei recobrar a frieza e planejar. Na última das hipóteses, tentaria sair pela porta de trás, era mais complicado, pois tinha mais gente, mas, pelo menos, não teria que passar por ele. Uma vez lá fora, era sebo nas canelas. Mas, como diz o ditado, os homens planejam e os deuses riem. O rapaz deixou a porta e veio ziguezagueando entre a multidão. Meu coração bateu acelerado, senti meus olhos se abrirem mais e uma gota descer pelo lado do rosto. Como poderia sair agora? Estava à janela, mas ela era lacrada, e o velho era meio gordo. Menos mal, ele serviria como barreira. Mas, até quando?

Ele parou de frente a mim, ajoelhou-se, como se fizesse uma oração ou uma prece pelo alimento que iria consumir – ou para pegar um canivete –, levantou-se e disse: — Gosta de Teoria do Caos, hein?

Duas quadras. Só faltava isso. Mas, não dava para esperar. Saltei por cima da poltrona de trás, pendurado na cordinha, joguei-me por cima de cinco pessoas, derrubando-as, e depois para fora do ônibus rolando na sarjeta, bem na hora em que a porta se fechava. Bati no meio-fio e torci o tornozelo, mas nem por isso parei de correr. Vi, entre uma pernada e outra, que o ônibus ainda estava parado, talvez escandalizado com o rapaz que descera como se o diabo estivesse no seu encalço. Para o Inferno com todos eles, que fiquem com a sua parcela de probabilidades.

Corri até minha casa, tranquei a porta e estudei como um louco para a prova do dia seguinte. Que se danassem as conjecturas e as teorias do Caos, o mundo que queria viver era o ordenado mundo cartesiano e euclidiano. Pra mim, chegava de coordenadas infinitas, borboletas e o escambau. Ficaria apenas com os círculos, as bissetrizes e as medianas. E foi o que fiz, tornei-me matemático, pesquisador, e tenho já dois doutorados. Ainda hoje tenho problemas com pessoas, nunca sei o que esperar delas. Gosto mais dos números e o seu mundo previsível.

E aquele livro sobre Teoria do Caos? Para ser sincero, nunca o terminei, perdi-o naquele dia. Ou na queda do ônibus, ou antes. Quem sabe o rapaz havia se abaixado para pegá-lo para mim? Mas, essas coisas são conjecturas, e eu não faço mais isso, faz mal.

POEIRA ESTELAR

Sozinho. Rochedo. Sentado. Enrolado no cobertor. Moscas caminham pelo meu rosto. Lua. Estrelas. Mar longe. Penso você. Em nós. No calor seu, de noite, na cama. De manhã, travesseiro cheiroso. Agora, sozinho, cheiro ruim. Mundo escuro, tudo dormindo ainda. Lá embaixo, floresta verde, pássaro voa, tranquilo, sozinho. Dia chega. Vermelho. Dourado. Levanto. Vou para casa. Bato pé. Entro. Deito, sofá. Durmo. Sonho.

Somos nobres no sonho. Você é uma princesa prometida, e eu, um cavaleiro medíocre. Você gosta de festas, ouro e brilhos, e eu gosto de você. Estamos numa festa, talvez do seu noivado. Aproximo-me do trono, onde você está. Todo mundo lhe dá presentes, é o que é adequado fazer. Trago na mão, oculto nas dobras de meus dedos, seu presente. Você não me dá atenção, olha para as coisas aos seus pés; ouro, joias. À sua frente colocam uma coroa de rainha. Estendo meu punho fechado para você. Todos prendem a respiração. Você se cala, esperando. Então, solto os dedos e deixo correr pendurado o meu presente. Um cordão prateado feito de poeira estelar, e digo:

"É feito da mesma substância das estrelas, lindo e inquebrantável, minha dama. Como o meu amor por você."

Rugem gritos coléricos, metálicos, abafando suas palavras. Há confusão, sou empurrado contra a saída, mas estou feliz, pois vejo meu presente em suas mãos. Estou prestes a acordar. Um dos homens grita, segurando-me no sonho: "Pela última vez, onde conseguiu aquilo? Diga, ou as coisas vão ficar piores para você". Mas, não ligo. Estou sorrindo quando acordo.

Levanto. Sofá molhado. Fiz de novo. Há sangue dessa vez. Ou novamente? Vai secar. Vou até o fogão. Café. Frio. Ruim. O que fazer? Barulho. Janela. Pássaro. Bonito. Tento fazer carinho. Voa para fora. Vou atrás. Tudo claro. Sol brilhante. Olho para cima. Dói. Sento no chão. Roupa pinica. Eu a tiro. Deito. Durmo. Sonho.

Estamos num navio. Tudo explode ao redor. Homens pulam para o convés. Pessoas matam-se, facas explodem com bolas de canhão. Sou o capitão pirata e você minha prisioneira. Você me ama, mas tem medo. Junto seu corpo contra o meu. Dou-lhe um beijo apertado. Você diz algo, não consigo ouvir, digo que tudo vai ficar bem. Sei o que eles querem. Mostro a você a espada dos Antigos, brilhante e imaculada: "Ela é afiada como o relâmpago e canta como o vento, quando corta. É feita de coragem, amor e terror. E brilha como as estrelas". O barulho termina. Olho em volta. Não há mais piratas vivos, só ingleses. Um deles caminha até nós, espada em punho. Não posso deixar que a levem. Preciso protegê-la deles. Uso minha espada em você e ouço seu último suspiro, não sei se era meu nome, acho que sim. Então, em lágrimas, cravo a arma em meu peito. Antes de acordar, o homem me segura e diz: "Maldito seja, vou encontrá-lo novamente".

Está frio. Barriga dói. Meu rosto, molhado. Levanto. Casa. Fogão. Sem comida. Despensa. Biscoitos com neve branca em cima. Como cinco. Bebo água. Sento no sofá. Molhado. Olho pra cima, sem goteira. Quem molhou? Levanto. Medo. Olho em volta. Pego atiçador na lareira. Grito. Chamo. Ameaço. Voz estranha. Arranha quando sai. Ninguém aparece. Fome. Fogão. Nada. Vou à despensa. Biscoitos mofados. Não como. Fraco. Preciso descansar. Sento. Aperto os braços em mim. Por que estou nu? Durmo. Sonho.

É noite. O campo está iluminado por você. Está linda de vestido branco-azulado. Brilhando como uma estrela. Você está dentro de uma cratera, aberta talvez quando caiu do céu. Você sorri e olha para mim, está como no dia em que...

"Como no dia em que a conheceu?", o homem diz ao meu lado. Eu o conheço. "Encontrei-o cedo, desta vez". Ele segura meu pulso. Tudo ao redor fica escuro. Seus cabelos são brancos, como algodão recém-tirado da máquina. Quase coloco minha boca em seus fios, devem ser ótimos e tenho tanta fome. "Onde conseguiu?", pergunta ele. Mas, não entendo. Ele percebe. "A poeira estelar", explica. Então me lembro dele, dos meus sonhos. Ele me conhece, acompanha-me, sabe que sofro. Abraço-o chorando, pois não estou mais sozinho. Ele me afasta devagar. "Chega disso, quer parar com todo o sofrimento?". Respondo que sim. "Então, diga-me onde consegue a poeira estelar e eu faço tudo isso parar."

"Dos meus sonhos com ela", respondo. "Do meu primeiro sonho com ela. Ela chora quando vê a poeira estelar."

"Conte-me ele", exige.

"Estamos viajando de carro. Estamos rindo. Ela me conta que a mãe viria nos visitar, mas agora moramos muito longe, no meio do mato, ela não quer vir aqui. Somos jovens, nosso carro é potente. Faço uma curva fechada, perto de casa, rápido demais. O carro sai e capota morro abaixo. Muito barulho, coisas rasgando, quebrando, torcendo, não consigo ouvir o que ela diz. Só consigo olhar para ela. Ela está tão linda. Vidro voa ao seu redor, cortando sua pele, fazendo-a chorar de tão belo, brilhando em milhares de pedaços como..."

"Poeira estelar".

"Sim. Eu saio, não sei como. Minha cabeça dói, ela parece estar aberta, não consigo pensar direito, estou confuso. Procuro um pouco por ela. Mas, quero me lavar. Estou sujo. Lama e sangue. Subo o morro e chego a casa. Cubro-me com um cobertor e lavo-me como posso, porém, tem muito sangue, e surge mais da cabeça a toda hora..."

"Sei, sei... está bem. Pode parar", o homem de cabelo de algodão fica em silêncio e escuta seus próprios pensamentos.

"Por que o senhor quer a poeira estelar?"

"Para decorar meu salão de festas, mas, fique em silêncio por um segundo, estou pensando. Já sei. Sei como resolver tudo. Gostaria de ter sua mulher de volta?"

"Sim, por favor. Onde ela..."

"Você poderia sonhar com ela por um longo tempo. Até que seu corpo definhe, é claro. Posso arranjar tudo. Um lugar florido e agradável perto do meu solar. Isso lhe agradaria? É claro que sim. Tudo que tem a fazer é trazer a matéria dos seus sonhos".

"Vidro?"

"Saudade e pesar. A sua poeira estelar. A matéria da qual todos da sua espécie são feitos".

"Se eu a tiver..."

"Sim, sim... se você a tiver o tempo todo, não terá pesar. Assim, não terá poeira; posso arranjar as coisas. Terá bastante sofrimento e perda, e você trará muita poeira para o meu solar. Tudo irá reluzir. Será maravilhoso. Verá".

"Se eu a tiver...", recomecei a dizer, chorando. "Não me importo com nada".

Comecei a andar a esmo, distanciando-me do homem de cabelo de algodão. Ele não me seguiu, estava ocupado tagarelando para si mesmo como seriam maravilhosas as festas que daria; o rei negro e a dama inglesa que conhecia se deliciariam com cada nova dança entre a poeira estelar. Mas eu não prestava mais atenção a ele. Ao meu redor a cratera se abriu e eu senti o ar frio da noite na floresta ser preenchido com a luz dela. Não havia mais barulho, sabia o que havia acontecido, podia ouvi-la agora, e ela disse: "Meu amor, chegou a hora de ir". Era o que ela queria me dizer esse tempo todo. Quando toquei seus dedos, toda a dor se foi, e senti minha pele se aquecer, não estava mais confuso.

Além da luz, na escuridão fora da cratera, ouvi o grito de ódio do homem de cabelo de algodão. Senti seus dedos tentando me agarrar, separar-me de minha amada. No entanto, já era tarde para isso. Olhei para ele e, sorrindo, disse:

"Lamento por nosso acordo desfeito, meu amigo. Mas, veja pelo lado bom. Quem sabe agora você não produz sua própria poeira estelar?"

Então, parti com minha amada.

MÃE DA CRIANÇA

Foi NUMA NOITE DE tempestade de outono que tudo começou. A criança havia brincado o dia todo com os irmãos e primos e havia lutado com a mãe na hora do banho, mas, no fim, dormiu como um anjinho, como toda criança acaba fazendo. No meio da noite, entretanto, o vento mudou de direção, os galos começaram a cantar e uma tempestade desceu sobre o casebre em que morava a família. A mãe e o pai acordaram com o choro da criança. Sua testa estava quente e ele gemia, dizendo coisas sem sentido. O pai passou a mão no balde para pegar água boa para dar ao filho, quando reparou que a porta estava aberta. Olhou em volta, e isto bastou para cobrir toda a casa, pois não era grande e não tinha onde alguém se esconder, então se deu por satisfeito. Fora o vento quem a abrira, nada mais.

De manhã, a tempestade passou e a criança parou de chora-mingar, porém, não era mais a mesma. Tinha ficado mais triste e taciturna, não brincava mais de correr com os primos e ir-mãos, e quando se aproximava era para fazer maldades, como tirar patas das borboletas, dar nós nos cabelos das primas e chutar os calcanhares de quem estivesse correndo. Nas refei-ções, recusava-se a comer alho e a fazer as preces e, quando chegava a hora de dormir, tinha febre e pesadelos. No início, os pais acharam que era passageiro e que de uma hora para outra o menino iria se recuperar e voltar a ser o mesmo brincalhão e saudável que era, mas este dia não chegou. Então, consulta-ram um médico, que se benzeu e mandou-os embora. Depois, foram a um reverendo na cidade que, depois de algumas rezas, fez neles sinais pagãos, que afastam o mal, e mandou-os em-bora. No caminho de volta para casa, pararam para se refrescar em uma cachoeira e lá encontraram uma velha mascate que se apresentou como druida e ofereceu-lhes ajuda. Leu a sorte da criança em ossos secos de galinha e marcou a testa do menino com um desenho cheio de traços, o que o acalmou pela primei-ra vez em dias. Quando os pais perguntaram o que ela tinha feito, respondeu simplesmente:

"A criança sente falta da mãe."

Os pais ficaram sem o que dizer. No fundo sabiam a verdade, desde o primeiro dia, mas acreditar nisso era também acredi-tar em outras coisas, como em criaturas que vivem em outros países, lugares de verão eterno e criaturas belas, que trocam as crianças no meio da noite, sabe Deus por que motivo. Não estavam preparados para isso, eram tementes a Deus e faziam suas preces todas as noites, tinham até um pequeno altar na sala de jantar. O estranho e o profano não lhes diziam respeito.

Mas, fazer o quê? Precisavam acreditar, se quisessem ter seu filho de volta. A mascate ensinou-lhes encantamentos e esconjuros, tanto para perseguir seu filho verdadeiro quanto para se defenderem da criatura que fizera a troca, depois arrumou seus pertences, aceitou a lebre que os pais ofereceram como pagamento pelos seus préstimos, e partiu em direção do poente.

A mandinga que revelaria a localização do filho demorou alguns dias para ficar pronta; enquanto isso, eles tentavam fazer a convivência com a criatura a mais satisfatória possível. Davam-lhe banho quando era preciso e corrigiam-lhe os maus hábitos. Explicaram que fazer brincadeiras maldosas machucava os amigos e deixava as pessoas tristes, e que, para que todos fossem bons com ele, era preciso ser também bom. O menino, no começo, não entendeu muito bem o porquê de tantas dificuldades, contudo, com o passar do tempo compreendeu-as e quando recebeu pela primeira vez um "obrigado", por causa de uma gentileza que fizera, ficou muito contente e sorriu pela primeira vez.

No nono dia, o pai arrumou algumas roupas e provisões, vestiu com roupas quentes a criatura-menino e partiu em busca de seu filho. O encanto consistia em um graveto bifurcado, semelhante àqueles usados para encontrar fontes d'água, que tremia sempre que o usuário apontava para o lado correto. Em meio dia de caminhada, pai e criatura-menino chegaram ao fim de uma estrada de pedras, no centro do bosque. Ela não levava a lugar algum neste mundo, o que se via além dela era uma trilha larga de carroça no meio do mar verde-escuro da floresta. O pai vestiu a camisa pelo avesso e deu alguns nós nos cordões da roupa da criança, para se protegerem e afastarem fadas, e então deixou as pedras da estrada para trás e entrou na floresta. A mudança não foi gradual e, para dizer a verdade, o pai desconfiou se houve alguma. Depois de mais algumas horas, chegaram a um pequeno castelo próximo a um lago, onde um homem descansava apoiado em sua espada.

"Alto, não se aproxime", disse ele num grito e apontando a arma para os viajantes.

"Não queremos incomodá-lo, senhor, queremos apenas passar", disse o pai, em tom conciliatório.

"Mentiras, querem sequestrar a donzela que jurei proteger".

"De forma alguma, senhor", disse o pai, exasperado. "Nem sabia que neste castelo havia donzela".

"Agora que sabe, tentará usurpá-la".

Os olhos do homem estavam desesperados e o pai temeu o pior daquilo.

"Apenas vamos recuar, nunca mais nos verá, prometo".

"Agora é tarde, se partirem dirão a todos sobre nós. Não tenho alternativa, senão matá-los".

Na janela mais alta, da torre mais alta, uma moça veio ver o que acontecia. Seu olhar era triste e melancólico, como se tivesse visto esta cena vezes sem conta.

O pai não sabia mais o que fazer, não podia deixar que matasse a criança e tampouco gostaria de ser privado da própria vida, então, decidiu lutar. Pegou duas pedras grandes no chão e preparou-se, quando a criança segurou seu braço e apontou para um pequeno cemitério atrás do castelo.

"O que tem lá, senhor?", perguntou a criança.

"Nada. Apenas um cemitério", respondeu evasivamente o homem.

"Quem está enterrado lá?", perguntou infantilmente a criança.

"As pessoas que me antecederam, e aquelas que matei".

"O que é 'antecederam'?"

"Quer dizer aqueles que guardaram estes jardins antes de mim".

"E como passaram o emprego para o senhor?"

"O guardião cuida da donzela e fica no jardim. Aquele que o derrotar fica no seu lugar... até que..."

"Entendo. E por que essas pessoas estão enterradas tão perto do castelo? Por que não do outro lado do lago, ou na floresta?"

O homem não respondeu.

"Porque o senhor não pode ir para longe do jardim, não é?", disse a criança sem esperar resposta alguma.

O homem ficou mudo, olhando com ódio para o pai, quase aos prantos. "Pelo amor de Deus, ataque-me. Ou juro que rasgo a garganta dos dois".

Pai e criança começaram a recuar com cuidado, saindo do jardim, enquanto o homem chorava. "Por favor, por favor, ataque-me, mate-me. Por favor!"

Os dois partiram silenciosamente, ainda com os corações batendo violentamente na garganta. Não falaram muito, mas o pai sentia um orgulho gigantesco da criança. Como ela havia lidado tão inteligentemente com a situação! Com certeza, nunca herdaria isso dele.

Os dois caminharam por dias e passaram por diversas aventuras, em que a engenhosidade da criança e a coragem do pai foram decisivas na sobrevivência de ambos. Um dia, foram atacados por um pássaro-roca que queria levá-los como comida para seus filhotes, e foi graças à coragem do pai, que o enfrentou com uma tocha, que não foram devorados. Numa cidade de anões, foram chamados para mediar uma contenda por herança entre dois irmãos, e foi a criança quem conseguiu fazer a partilha de bens. No fim, todos ficaram contentes, e ainda lhes arranjaram uma mula para a viagem. Depois de dois meses de viagem, chegaram a um solar às margens de um lago salgado. Havia música no lugar e diversas luzes brilhavam, decorando o ambiente. Parecia uma festa e diversas pessoas dançavam rodeando o salão. Neste lugar, o graveto do pai parou de tremer. Haviam chegado.

O pai, humildemente, foi ter com o senhor do solar. Um homem alto, de roupa escura e cabelos brancos de algodão.

"Boa noite, senhor, desculpe incomodá-lo, mas procuro por meu filho".

O homem olhou-o de cima a baixo, avaliando-o, e com desdém disse: "Ora, se não é a pessoa mais desagradável que já vi na vida! Por que perturba a minha festa, se já caminha com o seu filho ao lado?"

O pai ia explicar a situação, quando viu seu filho entre as pessoas no salão. Ele usava uma pequena coroa de diamantes e estava sentado nas costas de uma pessoa que fazia as vezes de pônei para ele. O menino estava rodeado de empregados que lhe traziam comidas, bebidas e mimos de todos os tipos. Quando não gostava do que lhe davam, ele simplesmente batia com uma coxa de peru na cabeça do infeliz. O menino olhou por um momento para o pai, do outro lado do salão, todavia fingiu não reconhecê-lo e pediu para ir brincar em seu quarto, no que foi prontamente atendido.

O pai pediu desculpas ao senhor de cabelo de algodão e saiu seguido da criança.

Quando estava distante do solar, ouviu uma voz a chamá-los: "Por favor, espere". Uma mulher morena e muito bonita corria esbaforida atrás deles vestida com um longo cintilante como a noite. "Posso, por favor, abraçar, pela última vez, o meu filho?"

O pai olhou para ela e com um sinal permitiu. Os dois ficaram por muito tempo abraçados e a mulher o tempo todo chorava copiosamente. Quando se separaram, o pai perguntou:

"Foi a senhora quem trocou nossas crianças?"

"Sim, fui eu. Perdoe-me".

"Por que o fez?"

"Porque a criança torna-se o que seus pais são. Não queria que meu filho fosse como eu. Hedonista, vaidosa, egoísta e desregrada. Queria que tivesse um coração, valores, decência e amor. Coisas que não sei dar. Sei que chegaria o tempo em que meus vícios estragariam qualquer coisa boa que pudesse dar a ele. Por isso, achei que se o colocasse em uma família de honra, ele seria diferente, achei que meu filho seria melhor do que nunca fui ou serei. Mas, ai de mim. Troquei um filho por outro, pois me apaixonei por seu filho. A maternidade é uma maldição da qual não podemos nos esquivar. Hoje, não sei viver sem o seu filho e morro de saudades do meu que está com o senhor. Todo dia me mortifico vendo como o seu filho se parece tanto comigo e com meu marido".

"Entendo".

"Por que não tentou tirar seu filho de mim?"

"Não me entenda mal, eu quis, mas não consegui. Apesar de tudo, eu o vi feliz aqui, tendo coisas que nunca poderia dar a ele, e vi que ele não queria vir comigo. Então, compreendi que ele não era mais meu filho, mas sim seu. A senhora mo roubou duplamente, de corpo e alma. Voltarei para casa com o filho que conheci nesta jornada, esta criança aqui, a qual aprendi a amar. Se algum dia o filho que a senhora cuida quiser me conhecer, diga a ele onde moro".

"Farei isso", disse a mulher, levantando-se.

Assim, pai e filho se deram as mãos e viveram muitas outras aventuras antes de chegar a casa para desfrutar de um bom jantar em família.

SOPA DE COENTRO

O NAVIO ESTAVA À deriva desde que uma baleia quebrara o manche e uma tempestade arrancara todas as velas numa sucessão terrível de má sorte, que tinha começado com uma rota maltraçada e ventos desfavoráveis que afastou a nau da costa.

O moral estava baixo e a comida, acabando. Alguns tentavam pescar com o que tinham, mas, por incrível que pareça, não havia cardumes por ali. Talvez os tubarões tenham espantado todos ou, simplesmente, mais má sorte. À noite, alguns marujos juraram que tinham visto terra e foi um alvoroço. Na manhã seguinte, todos se amontoaram no convés, na ponta dos pés, olhando o horizonte, tentando enxergar a dita ilha. Ao meio-dia, todos se deram conta da verdade. O que os bastardos viram foi o fundo de uma garrafa de rum. Sem conversa, colocaram a ferros os míopes, sob a acusação de disseminar o mal da esperança entre a tripulação.

Por duas vezes o capitão pensou numa loteria às avessas, que poderia resolver o problema da comida a curto prazo. Quem fosse sorteado iria nadar com os tubarões, pelo bem da coletividade. Um ato nobre e de martírio por uma causa. Mas, sempre se esbarrava num inconveniente: e se os seus homens quisessem incluí-lo no sorteio? É claro que, em condições perfeitas, a palavra final seria dele, já que era o capitão, mas, em condições tão extremas, as hierarquias eram as primeiras a ruir. Só se pode mandar num homem faminto ou desesperado por meio da força e não pela patente, e o capitão não possuía mais que três cartuchos de pólvora seca na algibeira e uma constituição frágil e estereotipada de pirata: sujo, perneta e magrelo. Coisas que nada valiam contra um motim, ou contra uma pergunta bem-mandada: "Ué, capitão, cadê seu nome no chapéu?"

Assim, a loteria ia sendo adiada e novas estratégias sendo criadas. Desde comer corda, ou o madeirame, como cupins. A última veio da cozinha. Manoel, o cozinheiro, havia batido à porta do capitão naquela manhã com a proposta de violarem os sacos da carga para consumirem o seu conteúdo. Mas o capitão não ficou feliz, sabia o que transportava, e dali não haveria de vir qualquer alimento usável.

— Ora, pois, Manoel — disse o capitão. Obrigado pelo esforço, mas não vai adiantar. Não se pode fazer comida apenas com pimenta, canela e coentro.

— Se o capitão me permitir, irei fazer uma tentativa. O grude pior não fica.

Os dois sorriram e, então, o capitão concordou. Que se faça o milagre.

No entanto, por uma coisa o capitão não contava: Manoel era um português inventivo. Uma vez salvou o casamento da irmã com uma receita inventada na hora para substituir os caloteiros da padaria que não entregaram os doces da festa. Manoel fez diversos doces com gemas de ovos (a família era granjeira, tinham a matéria-prima em profusão). Foi um sucesso. Ficou até famoso. Como ele chegou a este navio é outra história, para outro momento.

De posse do coentro, da pimenta e da canela, Manoel pensou, experimentou, cheirou e mascou. Às vezes algo vinha à cabeça, podia sentir a ideia, mas a danada teimava em fugir para algum lugar atrás da orelha. Manoel coçava as vastas cartilagens, massageando a inventividade, encorajando-a e bajulando. Vamos, vamos, venha. E não é que ela veio? Manoel pegou a panela e foi despejando o que tinha. Maços de coentro, pimenta, feno moído, água do mar, azeite e um pouco da canela. Tinha guardado um naco de charque que mergulhou no caldo, só para dar gosto; logo em seguida, tirou-o e guardou a carne no armário, serviria para os próximos dias. O feno foi o desespero maior, precisava de algo que embuchasse, e achava que tinha chegado à textura adequada. Sentia-se o maior de todos os mestres, o grande salvador, e olha que o gosto não estava assim tão mal. Pegou o pano de prato e levantou a panelona pelas alças para levar à copa. Ouviu uma gritaria e foi ver o que era. Viu algumas pessoas correndo em direção à proa. Foi até lá, sem soltar a panela.

O capitão estava afastando a multidão de um dos mastros. Todos estavam nervosos, e até irritados, mas Manoel não podia ver o porquê, até chegar perto e ver as asas. Eram brancas e enormes, como as de uma pomba, uma gigante, se é que me entendem. Ligado às plumas havia um homem seminu, todo ensanguentado. Manoel olhou pra cima e viu que o mastro estava partido, provavelmente no lugar onde o estranho havia colidido no seu passeio matinal. Mas, o português não podia entender qual era o motivo de tamanha ira, o mastro já era inútil sem as velas, que mal fazia estar quebrado ou não? Prestando mais atenção, Manoel percebeu que não era raiva que via naqueles rostos, conhecia aquela expressão de longa data, por toda sua vida de cozinheiro. Era fome.

O capitão nada pôde fazer, tentou, inutilmente. Quem se coloca na frente de pessoas desesperadas e famintas? Afastaram o comandante do navio a safanões e deitaram as mãos sobre a carne do homem alado, digo, do pássaro-homem. Partiram-no ali mesmo com facas, espadas e mãos e levaram as peças para a cozinha sem qualquer cerimônia ou permissão de Manoel, que ficara ali parado, boquiaberto. O capitão, desolado, chegou perto do português e abriu a panela, cheirando.

— Parece bom, Manoel.

— Obrigado, capitão. Foi o melhor que pude fazer.

E os dois comeram juntos, em silêncio, a sopa de coentro. No dia seguinte, o capitão fez a bendita loteria, mas, em todos os cartões, só colocou dois nomes – o seu e o do seu amigo Manoel. Estava na hora de deixar aquele mundo, no qual até anjos têm azar.

ANJOS E CIBORGUES

ANITA ACORDOU ABORRECIDA. OUTRA vez seu modulador estava mal-
-ajustado, ainda estava no "relaxar" que colocara na noite anterior para dormir. Tocou algumas vezes na tela do aparelho e,
pronto, setou para "bem-disposta e pronta para o dia". Olhou a
hora no celular, estava atrasada. Pulou da cama e, na mesma
hora, as telas das paredes mostraram os canais do Face. Uma
de suas amigas disse que já estava na fila, e alguns chineses
disseram que já tinham comprado e que era a melhor coisa do
mundo. Quando entrou no banheiro já sabia por alguns tweets
que o trânsito estava engarrafado e que a melhor rota para o
centro, onde seria o lançamento nacional do aparelho, era pela
perimetral nº 500. Uma amiga a chamou para uma conversa
a três no Messenger, mas a boca ainda estava cheia de pasta

de dentes, deixou no stand by enquanto teclava um SMS para o namorado. Ele precisava chegar logo ao local. Um tailandês comprou 50 com alguns documentos falsos. Voltou para o quarto, vestiu uma roupa leve e saltos baixos, pôs na bolsa tablet, celular e as mídias. Enquanto descia as escadas, viu através das letras verdes dos seus óculos LED que seu pai falava com ela. Ele havia deixado um post em algum lugar de suas redes para ela, algo sobre jantar em família. Não deu muita atenção, depois ela poderia ver a gravação dos óculos e saber do que se tratava. A mãe pediu para que ela se sentasse para o café, mas Anita não tinha tempo para isso, iria comer alguma barra de cereal, ou chips. O pai voltou a falar; desta vez Anita entendeu e respondeu: "Vou ao Centro". Passou a teclar com o namorado, agora pelo Tweeter. O pai voltou a dizer algo, dessa vez tentando puxar seus fones de ouvido, porém, não conseguiu, já que o aparelho era magnetizado à pele da menina. Anita baixou um pouco o volume e pode interagir um pouco com os velhos.

"Filha, você viu o meu post?"

"Não vai dar pra jantar, vou a uma festa".

"Uma festa? Você vai sair, Alice?", perguntou a mãe, ansiosa.

"Acorda, mãe, é no WoW. A minha guilda vai se reunir na Taverna de Wallows", disse aumentando novamente o fone de ouvido, afinal o chat havia se estendido por mais de quinze segundos, mais que o suportável. A Cris mandou uma mensagem pelas suas mídias. A vaca já 'tava na fila, agora ia ficar se gabando por isso também, já não bastava ser a primeira da classe a pôr piercing, silicone e prótese ocular. Deixe estar, ano que vem ela irá ter treze, aí poderá colocar silicone, também. Anita precisava muito conseguir o aparelho antes dela, entrou no Gmaps pela lente dos óculos tentando saber a localização

dos amigos por GPS, vai que alguém tava na frente da vaca...
O pai falou algo sobre saudade e saúde... Anita pegou a bolsa
e foi para porta. Finalmente, o namorado tinha respondido, ele
já estava na fila e a porta da loja já estava abrindo e, melhor,
ele tava na frente da Cris. Quando estava prestes a sair, a mãe
disse alguma coisa, não deu pra ouvir direito, mas Anita conseguiu ler algo dos lábios, deu um tchau automático e disse,
apressada: "Tá, te amo também"... e foi atrás do seu Aparelho
5.0, pois o seu 4.0 já estava uma semana obsoleto. Quem consegue viver sem isso?

A LETRA A

A ESTAÇÃO FERROVIÁRIA ESTAVA lotada. O relógio na parede marcava 10 horas, mas há muito passara das 12. Um homem segurava um café que caía de suas mãos – daqui a dez minutos. Do outro lado do salão, uma mulher procura por sua filha que também agora segura sua mão. Há uma carroça perto do chiqueiro, repleto de feno, ela está parada exatamente onde fica a lanchonete. Seu dono joga a carga em cima dos transeuntes e reclama que a mulher ainda não terminou de bater a manteiga para a venda. As pessoas não se importam; na verdade, nem percebem.

Tudo isso Arjuna via, não via e previa, tudo ao mesmo tempo. Essa era sua maldição, sua natureza. Ele tentou relaxar na cadeira de madeira, pegou um jornal de 1910, uma revista de

1890 e um prospecto de 1930. Concentrou-se e virou a página apenas do jornal. Havia notícias de um incêndio na cidade, uma mulher tinha morrido afogada e o governo tinha mudado o nome da moeda. Arjuna olhou novamente o relógio, 11, 15, 19 horas. Não demoraria muito agora. Viu uma mulher descer da carroça que chegara à estação, alguém descer de um ônibus e uma mulher pagando um taxista depois de descer do carro negro. As três pessoas foram em direção do guichê de passagens que estava ao seu lado. Duas mulheres e um rapaz. Cada um no seu tempo, e por motivos diferentes, chegando à mesma estação.

Aquilo havia intrigado Arjuna, que via o mundo em camadas desde que nascera. Seus pais nunca entenderam como seu filho via as coisas, e para o pequeno Arjuna sempre foi traumático. Imagine ver seus pais mais jovens que si mesmo, moribundos de velhice e cuidadores de meia-idade alimentando-o todos os dias, uns sobre os outros o tempo todo? Por sorte, nunca precisou se adaptar, apenas continuar caminhando. Numa dessas andanças, há um mês, ele chegou àquela estação e reparou nessas três pessoas, mais especificamente na pessoa que agora as abordava, cada qual no seu tempo, antes que elas alcançassem o guichê. Um velho de uns sessenta anos, barbudo, grisalho e poeirento. Eles tentam evitá-lo, um até lhe joga algumas moedas, e uma mulher chama um guarda. Mas, em geral, eles se atrasam o suficiente para perder o trem que iriam pegar. O mesmo trem que duas horas depois iria descarrilar em um acidente que mataria diversas pessoas, ou teria um terrível incêndio, ou um atentado com arma de fogo.

Arjuna esperou as pessoas se afastarem tristes por perderem o transporte e então se aproximou do velho.

"Bom dia, boa tarde, boa noite. Meu nome é Arjuna".

O velho olhou para Arjuna com desinteresse, já recolhendo seus pertences no chão: a mesma sacola, os mesmos jornais e o mesmo paletó marrom puído nos três tempos.

"O que quer? Estou ocupado".

"Eu sei, eu vejo. Queria apenas lhe perguntar por que salvou a vida daqueles três?"

O velho arregalou os olhos para o jovem, enfim o reconhecendo.

"Sim, agora me lembro de você e de nossa conversa há vinte anos. Teremos esta conversa daqui a vinte anos também?", perguntou o homem no segundo dos três tempos.

"Provavelmente. O senhor não me vê como o vejo então? Achei..."

"Que eu era como você? Lamento, apesar de ser o que sou, vejo o tempo como os demais".

"Quem são essas pessoas que salvou?"

"São parentes meus, que jurei proteger até o fim dos tempos".

"Há mais pessoas como o senhor?"

"Em cada lugar e ao lado de cada pessoa, há".

"O que é o senhor?"

"Sou apenas um mensageiro".

"De quem?"

"Digamos apenas que a 'letra A' tem o seu nome".

"Não entendo".

"Algumas coisas não são para serem entendidas apenas aceitas, Arjuna. São mesmo essas perguntas que gostaria de me fazer?"

"Não".

"Então?"

"Qual o meu destino?"

"Filho, se você não sabe, quem poderá saber?", disse o velho jogando a trouxa nas costas e indo embora pelas entradas da estação ferroviária. Em 1930, ele estaca e se volta para Arjuna.

"Acaba de me ocorrer que, nas outras duas ocasiões que nos encontramos, fui muito rude com você. É certo que foi a resposta mais acertada, mas você era jovem... e fui muito seco e abrupto. Os anos me deixaram mais mole, então... filho, siga seu caminho, faça o bem e o mal, viva e dê vida, ame e odeie, faça grandes coisas e se permita mesquinharias. Afague a cabeça de um cão dormindo e corra uma vez na vida descalço pelo campo. E se um dia, em algum momento, for chamado a fazer algo maior, você saberá pesar a sua responsabilidade. É o que tenho a dizer para você".

"Aquele a quem serve... tem algo preparado para mim, não tem?"

"Sim e não, assim como para com todas as coisas. Mas, não se desespere, tudo a seu tempo. Até lá, tenha uma boa vida", e assim o velho partiu pela terceira e última vez.

Arjuna ficou ainda um tempo vendo as coisas que seriam, foram e eram na estação. E por mais que aquilo tenha o perturbado ao longo da vida, ele se sentiu em paz. Pois não havia consolação maior na vida do que o descompromisso com sua própria predestinação.

PERTENCER

Não é como furar o dedo e apertar os polegares, ou pular de uma ponte quando se é desafiado; de onde venho "pertencer" a um grupo não é tão simples, é quase metafísico.

Voltando no tempo, não consigo me lembrar quando foi que senti a necessidade de fazer parte de algo. Vivia só e me arranjava bem. Não tinha emprego, mas, sempre que precisava, conseguia uma grana aqui e ali numa boa saída à noite. No entanto, em algum momento senti um grande vazio, uma necessidade enorme de compartilhar e de estar com outros iguais a mim.

Não era fácil encontrar gente como eu, mas iria tentar. Comprei alguns jornais de gosto duvidoso e comecei a marcar alguns anúncios e notícias promissores. Demorou até encontrar um que dizia:

Shelley Ediouro XCVIII PROCURA
interessado em compartilhar hobby e vida:
(73)-16 7-12 57-4. 2000

Então, estava lá a mensagem. Do jeito que meus pais me disseram que estaria, caso eu quisesse encontrá-los. Fui até a estante e procurei a edição de que tratava a mensagem. Editora Ediouro, escrito por Mary Shelley, editado em 98 (XCVIII): Frankenstein. O número de telefone não diria nada a quem se interessasse pelo anúncio, mas não soubesse o que procurar; eu sabia. Os números divididos estranhamente eram um código para encontrar certas palavras no livro. Primeira parte, página 73, 16ª palavra: "Assassino". Segunda parte, página 7, 12ª palavra: "de". Terceira parte, página 57, 4ª palavra: "Deus". "Assassino de Deus". O número seguinte era a hora: 20:00.

Às 20 horas, estava sentado a uma mesa do bar Nietzsche's Fall, na cidade baixa, observando o movimento. Era estranho estar entre as pessoas novamente, assistir a seus mecanismos de comportamento, ao jogo da sedução e às mazelas do sentimento. Mas, cá estava eu. Tive que fazer uma pequena pesquisa para saber como deveria vestir-me e não parecer tão anacrônico. Até tomei um banho. O que será que meus futuros confrades pensariam disso? E por falar neles... lá estava um ao balcão. Não era difícil nos reconhecer, desde que se soubesse pelo que procurar. A pele esbranquiçada, os olhos que não piscavam com frequência e os trajes velhos. Ele também olhava ao redor, parecia mais um convidado, como eu, do que um anfitrião. Então, nossos olhares se cruzaram, o reconhecimento foi automático, mas pareceu-me que meu companheiro ficou indeciso se deveria ou não me abordar, ele desviou o olhar para o barman por uns instantes antes de se levantar e vir a minha direção.

"Boa noite", disse ele, com um copo de whisky na mão. "Sou Fenner. Presumo que tenha vindo para a reunião".

"Sim", respondi, olhando ao redor. Fenner puxa uma cadeira e senta-se defronte a mim. Fico nervoso, não estou acostumado a uma proximidade como esta. Instintivamente, coloco as mãos cruzadas sobre a mesa. Ele percebeu e afastou a cadeira, um pouco, da mesa.

"Sua primeira vez no grupo?"

Balancei a cabeça, concordando. Senti-me um adolescente na escola nova. Fenner avaliou-me de cima a baixo e acreditei ter visto um meio-sorriso em seu rosto por alguns instantes. Não falamos mais. Ele pareceu se esquecer de mim e voltou a olhar ao redor. Isso me aliviou e senti a pressão no meu peito amainar.

Mais por curiosidade do que qualquer outra coisa, comecei a encarar de canto de olho o pequeno trecho entre a nuca de Fenner e o ar denso do bar. O que vi foi uma pequena luminescência arroxeada e pálida, próprio de quem sente medo e ansiedade, e aquilo me intrigou; se ele já era veterano desses encontros, por que sentia isso?

De repente, Fenner levantou-se furioso e me encarou. "Para com isso", disse ele, mostrando os punhos.

"Desculpe, eu...", comecei, mas não terminei, pois entrava pela porta do bar um grupo de homens e mulheres esbranquiçados que passaram direto pelo balcão em direção a uma porta lateral. Um membro do grupo parou e olhou ao redor, depois diretamente para nós dois, acenando. Chegou a hora, então. Levantei-me e segui Fenner através da porta lateral aberta.

Lá dentro havia uma escada em espiral curta, que desci em silêncio, como os demais. Atrás de mim o último membro do grupo fechou a porta com um clanc metálico. Quando cheguei ao patamar final, vi que se tratava de uma sala extensa, sem janelas, com paredes cor de chumbo, riscadas com desenhos que, para minha surpresa, conseguia ler. Cada um foi para um canto, circundando o ambiente mal-iluminado. Uma moça jovem, magra e loira ficou no centro e falou a todos.

"Meu nome é Amélia, sejam bem-vindos. Sou a anfitriã, hoje. Parece que temos novatos, talvez queiram se apresentar".

Um rapaz sarado deu um passo à frente, tomando a iniciativa. Prestei atenção nele. Havia algo de estranho no seu jeito de se mexer e falar. Algo de diferente dos outros, uma ingenuidade de movimentos meio largados e malandros, nada comedido e frio. Ele sorriu enquanto dizia seu nome e o que fazia da vida, sempre segurando a mão de uma das moças. Todo mundo sorria para ele. Gostavam da história que contava e dos agradecimentos que fazia à amiga que o trouxera neste dia, pela primeira vez. Então, percebi no que ele realmente era diferente de todos nós. Ele estava vivo. Quase perdi o fôlego. Olhei para cada um dos presentes e entendi o interesse inicial que tinham na conversa, não era admiração, mas excitação e fome. Pobre Paulo, era este o seu nome, nem sabia no que se havia metido.

Chegou a minha vez. Dei um passo à frente, meio sem jeito e disse o meu nome e só. Não houve sorrisos ou perguntas. Voltei para o meu lugar e esperei a coisa acontecer. Foi um erro vir, e agora sabia disso. Meus pais já tinham me falado de como eram essas reuniões e de como eram meus "parentes". Por que não dei ouvidos, por que estou aqui?

"Sejam bem-vindos", disse Amélia, novamente. "Estas reuniões começaram muito tempo atrás e vêm se repetindo ao longo dos anos, como uma tradição, a fim de rememorarmos quem somos e de onde viemos. São chamadas de Comunhões. Desde que o Homem de Família pôs no mundo o primeiro de nós, temos vivido na escuridão da humanidade, como seus parentes, mas nunca como iguais. Sobrevivendo dos restos que nos reservam, sem sermos nunca lembrados ou amados. Hoje podemos ter tudo isso, pois esta é a nossa Comunhão".

Então, com um leve movimento de mão ela deixou a alça do vestido cair e com ele todo o tecido para revelar os seios pequenos e a pele alva de sua pele. Um a um os demais começaram a fazer o mesmo. De algum lugar, uma música começara a tocar e garrafas de bebida eram distribuídas. Sabia, sem precisar provar, que não era cerveja ou vinho que tinha lá, mas hidromel, misturado com algumas ervas e sangue, provavelmente de Amélia, que era a anfitriã, naquele dia. Pensei em recusar quando me foi servido, mas, o desejo de pertencer era demais até para mim, então bebi... e dancei.

Paulo parecia feliz... não, a palavra não era essa... Paulo estava extasiado. Podia ver o desejo em seus olhos e sorriso. Fenner também podia e o tirou para dançar. Paulo não gostou de se separar de sua acompanhante, mas Fenner era persuasivo e os dois foram, nus, dançando pelo salão. Sabia o que estava acontecendo, mas não conseguia me desvencilhar, tampouco ajudar o rapaz. A música martelava alto em minha mente e tudo que via eram vultos faiscantes e sorridentes passando pelos meus braços. Podia sentir a volúpia e o ardor no ar. O cheiro almiscarado de sexo e a euforia me inebriavam e perdia completamente a noção de mim mesmo. Podia ouvir os murmúrios deles em minha cabeça e o roçar de pele e hálito em meus pelos, e então entendi o temor de Fenner. A última lembrança coerente que tenho é a ereção que senti quando recebi um corpo volumoso, macio e cheiroso em meus braços. Depois, somente breu. Porém, não um negrume vazio e silencioso, mas sim a escuridão das profundezas de um rio denso, encorpado e caudaloso, em que damos cambalhotas, perdendo-nos sem orientação, sem sabermos o que é em cima ou embaixo, sem tristezas ou dúvidas, na verdade sem qualquer eu ou outro. Uma completa paz sem rosto, sem indivíduo, apenas uma massa em comunhão.

Pareceu-me que era o primeiro a despertar. Estava cansado, mas satisfeito, com um pequeno sentimento de culpa que sabia que não era meu; era de Paulo. Fui ao seu encontro, depois de buscar minhas roupas. Ele estava estirado ao chão, próximo a uma das paredes. Seus braços pendiam frouxos e a pele estava macilenta. Parecia que não teve forças nem para se cobrir com as roupas. Ofereci ajuda, mas ele se encostava mais à parede, fugindo.

"O que aconteceu?", gemia ele por entre os dentes fracos e quebradiços. Seus lábios eram uma sombra do que tinham sido e os olhos injetados e vermelhos expressavam o puro terror.

"Não somos humanos, Paulo. Dizem que descendemos de criaturas sem alma que há muitas eras, talvez no início dos tempos, copularam com a sua espécie. Possuímos um sopro poderoso de vida, e muitos dons, mas somos fadados a viver sentindo, a cada dia, o que há de melhor em nós se esvair para as grandes obras da humanidade. Nossa presença inspira-a para a arte, para a ciência, para o amor e para os grandes feitos. Mas, para nós mesmos, nada sobra. O único momento feliz que temos é a Comunhão, mas ela faz tão mal a vocês. Acabamos compartilhando tudo que têm: seus sentimentos, suas memórias, sua juventude e sua vida. Você vai morrer agora, lamento muito por isso. Mas, pelo menos, teve um momento único na sua vida, não é mesmo? Esteve conectado não com um grupo, mas com uma espécie inteira. Isto vale a pena, não é mesmo? Pertencer?"

Ele me olhou por trás de sua máscara envelhecida, e sussurrou com tristeza:

"Vocês devem ser muito solitários..."

Ele se encolheu e morreu. Cobri-o com algumas roupas, vesti as minhas e fui embora sem dizer palavra... pois, por mais que tentasse, o que haveria para dizer?

HIPÓCRATES

EIKE SERVIU-SE DE MAIS uma dose e sentou-se no escuro. Seus olhos doíam horrores e ainda sentia a mão trêmula. Ouviu a porta bater quando o filho se despedia da mãe. Era o fim de semana com o moleque, mas não estava com cabeça pra isso, ainda sentia o sangue pegajoso nas mãos e um embrulho no estômago, mesmo sob os sedativos e a anestesia do whisky.

"Quer que eu o leve de volta?", tinha-lhe perguntado a ex-mulher quando chegou e viu a cara abatida dele.

"Nem pensar, é o nosso fim de semana", disse ele, mesmo querendo dizer o contrário.

Enzo veio até a sala para conferir como estava o pai e logo foi para o quarto e para a Internet. Melhor assim, pensou Eike, o garoto tem coisas a fazer, dever de casa, talvez paquere um pouco e, quem sabe, um jogo, podia deixar o velho pai sossegado onde estava.

O sofá dava de frente para as portas de vidro que levavam à varanda do apartamento. De lá, Eike ficou observando o céu mudar de cor, do vermelho-sangue do crepúsculo ao azul degradê da noite urbana. Lá fora, o barulho dos que tentavam voltar para casa depois da tempestade era agonizante. Buzinas irritadas, lixadas de pneus e gente falando alto. Havia também música nos bares e gritaria ébria.

Lembrou da menina, seu sangue, seus gritos...

"Doutor, desculpe incomodá-lo", a enfermeira abrira a porta, bem na hora em que arrumava a pasta para sair. "Há uma emergência..."

Eike seguiu a mulher. Mais dois minutos e estaria livre daquilo. Merda. Iria se atrasar para receber o filho. A ex-mulher iria capá-lo. Tudo porque algum merdinha bebeu demais e bateu com o carro, ou porque um doente mental esqueceu-se de colocar o capacete na obra e uma viga...

"Enfermeira, qual é a situação?"

"Um parto, senhor"

Ele parou no corredor. "Não sou obstetra, sou cirurgião. Você ficou louca?"

A moça parecia envergonhada. Era óbvio que ela sabia; quem não sabia? "Desculpe, é a tempestade, doutor. O hospital não tem obstetra de plantão, e o que atende à moça está preso por causa das enchentes. Tentei outros contatos, mas estão todos inacessíveis. Só temos o senhor".

Totalmente irregular. Eike havia estudado e dado duro para ser reconhecido como um dos mais respeitáveis cirurgiões da cidade, senão, do país. O hospital havia sido uma aposta há muitos anos. Um grupo de médicos, formados juntos, que queriam mudar o mundo, e precisavam de um lugar para começar. O prédio fora sua antiga escola de Medicina, criada por um estrangeiro, que trouxera um monte de bugiganga de fora para decorar o lugar, inclusive uma estátua do velho Hipócrates, decadente e empunhando um caduceu. O trabalho foi duro, ficou devendo a muita gente, parcelando os pagamentos como podia e queria; teve muitas ameaças de morte e viu algumas empresas de construção falirem por sua causa, mas, logo os planos de saúde reconheceram a mina que o hospital havia se tornado, com todas as certificações que conseguira e os clientes que conquistara. Durante todo esse tempo, Eike e seus colegas tinham encarado muitas situações irregulares, subornos de fiscais, processos e escândalos, mas, de um tempo para cá, as coisas tinham se acalmado. Eike chegou até a encarar aquele momento como um renascimento, sem complicações ou irregularidades. E agora isso...

A enfermeira, à guisa de desculpas, acrescentou, depois de um momento de silêncio constrangedor: "Há uma complicação, doutor, a criança não está no prazo. A mulher sofreu um acidente de moto... está muito machucada e..."

Não havia mais o que fazer, ou discutir. Se não fizesse o procedimento, iria ter problemas. Qualquer repórter de merda iria querer botar as mãos naquilo. Iria ser um prato cheio. Sem falar no Conselho de Medicina. Se pelo menos o parto pagasse bem... podia assinar com o nome de um obstetra no fim, ninguém iria suspeitar. Deixou a pasta na sala de preparo e passou a trocar de roupa. Entrou na sala de cirurgia, louco de vontade por um drinque.

Sentado, em seu apartamento, tomou outro gole de Whisky

e olhou as horas no relógio de pulso. 23h30min. Inspirou profundamente e soltou lentamente o ar quente do álcool. Estava ficando tarde, precisava arranjar algo para o garoto comer. Levantou e pediu uma pizza pelo telefone. No fim da ligação, não lembrava muito bem que sabor tinha pedido, mas não tinha problema, o garoto comia de tudo. As crianças eram assim, resistentes...

"Doutor, a pressão sanguínea está caindo".

"Porra, cadê o histórico dela?"

"Senhor, não temos... ela..."

"Inferno, você vai pra rua depois disso. Passa aquela seringa, preciso de 10cc de..."

Eike balança a cabeça, afastando os fantasmas e vai para o corredor com passo meio incerto.

"Filho", disse chegando à porta, "papai pediu pizza. Você gosta, não é?"

Eike não entendeu de imediato. Apertou os olhos e tentou focar melhor a imagem na mente. Aquilo estava errado. Muito errado. Havia um homem lá dentro com o garoto. Usava uma roupa estranha e apertava o que parecia ser uma faca crimeia na garganta de seu filho.

"Quem... o que você quer?"

Ele não respondeu. Seu rosto era severo, rígido, e usava uma barba branca sem bigodes. Foi seu filho quem falou.

"Pai, quem é Ana Laura?"

"O que? Não sei..."

"Ele disse que você sabe. Que o senhor não deveria ter esquecido tão cedo".

"Escuta" – o álcool parecia evaporar de suas veias – "solta o menino, vamos conversar. Se você é um parente, não há porque ficar irritado, essas coisas acontecem. Larga o garoto, vamos conversar. Isso é entre mim e você".

"Quem é Ana Laura, pai?", o menino voltou a perguntar chorando.

"Uma paciente, filho. Não se preocupe. Papai vai resolver isso. Olha, podemos conversar? Lamento muito sua perda. Mas, não havia muito que fazer. Ela estava muito ferida e a bolsa tinha estourado. A criança estava sofrendo. Se estendêssemos por mais tempo, poderíamos ter perdido tanto a mãe quanto o menino. Ela é jovem, poderá ter outros filhos".

O homem levantou-se atrás do menino, era mais alto que Eike suspeitara. Como poderia lutar com ele pela faca?

"Você sabe o nome do pai?", falou ele, pela primeira vez.

"Por favor, deixe o menino ir. É a mim que quer."

"Você ouviu as súplicas do pai?"

"Não, não ouvi. Ele não estava lá."

"Mas, o da mãe você ouviu, não é?"

Eike tremia quando respondeu. "Sim".

"E por que não salvou a criança, como a mãe pediu?"

"Porque é o procedimento... salvamos a mãe nessas..."

"Você salvou apenas a mãe porque era o procedimento mais seguro para você. Se tentasse salvar os dois, poderia perder ambos e a mulher não tinha documentos. Não tinha como cobrar pelo procedimento de um recém-nascido indigente. Poderia, Eike?"

O garoto olhou para o pai, assustado. Eike não conseguiu encarar o próprio filho.

"Não é verdade. É o procedimento..."

"Da mesma forma que é o procedimento escolher quem você vai operar, ou atender pelo seu plano de saúde? Ou entregar as informações confidenciais de seus pacientes a quem pudesse afastar a Vigilância Sanitária de seu hospital?"

"Quem é você? Como..."

"Como vocês puderam chegar a esse ponto, Eike? Todos vocês. Eu estava lá, Eike. No início disso tudo. Vi-o de branco, jovem, cheio de energia e boas ideias. Você me estendeu a mão e jurou".

"O quê?"

"'Aplicarei os regimes para o bem do doente segundo o meu poder e entendimento, nunca para causar dano ou mal a alguém'".

O homem pôs a criança de pé e começou a recuar em direção à janela aberta.

"Escuta. Isso é insanidade, vamos conversar".

"'A ninguém darei por comprazer nem remédio mortal nem um conselho que induza à perda'".

Eike entra no quarto, devagar, olhando ao redor, procurando por uma arma. Mas, só havia brinquedos e playstations.

"'Do mesmo modo, não darei a nenhuma mulher uma substância abortiva'".

"Por favor, leve a mim".

"'Conservarei imaculada minha vida e minha arte'".

"O que posso dizer para deixá-lo em paz?"

"'Se eu cumprir este juramento com fidelidade, que me seja dado gozar felizmente da vida e da minha profissão', lembra disso? 'Honrado para sempre entre os homens.' O que vem depois, Eike?"

"Por favor."

"O que vem depois?", disse o estranho colocando a criança na janela.

"É só uma criança."

"Diga", exigiu o estranho, tirando sangue do pescoço do menino.

Então o médico disse, derrotado: "'Se eu dele me afastar ou infringir, suceda-me o contrário'".

"Chegou a hora de cumprir seus votos, Eike."

"Não, por favor."

"Que suceda o contrário".

Então o homem empurrou a criança da janela e, com um grito, Eike acordou em sua poltrona.

Desesperado, olhou para os lados, ofegante e correu ao quarto do filho. Lá estava ele, dormindo, ainda com a roupa da escola, em frente ao game e à TV ligados. Foi só um sonho ruim, nada mais. Um cochilo entre piscares de olhos. Apenas um reflexo do dia estressante. Nada mais. Eike respirou aliviado e se curvou para beijar a tez de seu filho. Foi quando viu, empapando o travesseiro, um pequeno corte sob o queixo, deixado por um instrumento cirúrgico preciso e feito por um especialista, talvez o mais habilidoso de todos – o patrono da arte.

O menino ainda respirava, e Eike, no silêncio do seu quarto, fez um novo juramento, sem palavras e, pela primeira vez, direto do seu coração: "nunca mais".

PERFUME DE CLORO

ERA DOMINGO. 17H. Os netos recolhiam os brinquedos, os filhos se despediam dos irmãos que não viam há muito tempo. Era hora de partir. A estrada iria ficar tensa em pouco tempo. Num canto, seu Tonico, 97 anos, observava divertido o movimento. Gostava quando todos estavam reunidos. Quando partiam sentia uma mão apertando o coração, mas não parava de sorrir, tadinhos dos filhos, né? Não mereciam a tristeza de um velho.

— Tamos indo, pai. Precisa de algo?

— Nada, filha. Vão com Deus.

— Em março, voltamos.

— Vem sim, vem sim, meu filho.

— Já desarmei a piscina, vô. Posso deixar a lona para secar?

— Pode, pode sim. Eu guardo depois. Pega mais manga.

— Papai, o carro já vai lotado, pede pra Creuza fazer suco pro senhor.

— Ele não toma, Dona Virna. Reclama que tem pouco doce.

— Papai, olha a diabetes. Vem cá, deixa eu te dar um beijo.

Uma fila de beijos, portas de carros batidas, buzinas e gritos de despedida. Então, a casa fica silenciosa. Seu Tonico sentou novamente em sua cadeira de balanço. Creuza foi pra dentro dar um jeito nas vasilhas, não demorou muito, 18h, já estava saindo, dando tchaus.

— Quer que eu guarde a lona, seu Tonico?

— Não, Creuza, pode deixar aí.

— O senhor aguenta?

— Aguento. Vai com Deus.

— Até segunda.

— Até.

O avô ficou sozinho olhando a lona negra secando. Seus olhos mareados pela idade estavam mais úmidos agora. Quietinho, ele chorou. Um choro sofrido e baixinho de saudade. Do bolso tirou uma fotografia antiga preto-amarelada. Uma senhora distinta e bem-arrumada ao lado de um senhor de boina e bem-vestido. Deu um beijo molhado de lágrimas na foto e a encostou no peito, embalando-a enquanto balançava a cadeira.

— Foi um dia tão bom, fia. Pena que você não estava aqui pra ver. Ali na lona tinha uma piscina de armar. Marquinho ficou pulando como se fosse o Tarzan, hehehe. Aninha mergulhava e marcava o tempo no relógio da Moranguinho. Ela conseguiu trinta segundos! Felipe não queria nada com nada, só na sombra jogando água da mangueira na boca. Foi bem ali onde tá a lona. Foi tão bom. Como fazíamos com os nossos filhos. Lembra da nossa antiga piscininha? Hehehehe. Vivia cheia de remendos. Aquela cola grudava nos meus dedos e você reclamava quando íamos almoçar. "Que sujeira, Tonico, tira esse troço azul do dedo". Hehehhe. Nossa família criada com cheirinho de cloro! Hahahahahaha. Ah, fia. Ah, fia. Foi tão bom. Queria tanto que você estivesse aqui. Ô, fia, por que você foi tão cedo? Sempre disse que iria um dia antes de você, mas você não me ouviu, né? Desculpa-me, vida. Desculpa. Não pude ir antes.

Tonico apertou mais forte a foto contra o peito, depois a afastou, encarando-a carinhosamente.

— Te amo mais do que nunca, vida. Os filhos estão criados e eu sinto tanto a sua falta. Acho que chegou a hora. Tô pronto pra ir.

Seu Tonico já tinha dado a deixa para quem lá de cima estivesse ouvindo e fechou os olhos, esperando o desfecho final. Mas, nada aconteceu. Não seria naquele dia. Fazer o quê? Deus tem as suas linhas tortas.

Abriu os olhos, chorou mais um pouco velhas lembranças e então entrou para dormir, amanhã tinha que acordar cedo para tratar dos passarinhos. Guardou a foto no bolso com um beijo, mas deixou a lona sem guardar. Se acaso acontecesse de ter o seu momento final durante a semana, torcia para que pessoas despreparadas, sem sacos fúnebres ou peruas viessem buscá--lo. Quem sabe, daria sorte. Tinha esperança de ser embalado na velha lona das piscininhas. Imagine ter como mortalha algo tão repleto de lembranças, amor e carinho.

— A felicidade tem perfume de cloro, fia. Perfume de Cloro.

O CARREGAMENTO, PARTE II

NÃO DEMOROU MUITO PARA que Coiote Louco continuasse sua história. A pausa foi benéfica para nós dois. Para ele, porque precisava de um ar; e eu, para começar a pensar. E se fosse mesmo verdade, pelo menos em parte, aquela história toda? De que me valia? Logo seria enforcado junto desse louco. Todo brilho dourado que veria daqui pra frente seria a luz amarelada do caldeirão de cobre do coisa ruim. Já disse que não sou santo, mas não é culpa minha, tá no sangue. Pertenço a uma longa linhagem de pilantras e falsários. Meu pai sempre dizia que meu avô era o sacana mais pervertido que existia na face da Terra e além dela. Agora, se antes do amanhecer eu conseguisse uma forma de me livrar dessas cordas... Talvez aquilo tudo pudesse valer algo. Isso, se a conversa toda tivesse pelo menos um fundo de verdade. O fundo que interessa.

— Onde eu estava? — recomeçou Coiote. Ahh, sim. Bob Lagarto não apareceu, deve ter fugido assim que viu o trem monstruoso. Quanto a nós, continuamos atrás do ouro...

Eles andaram por muito tempo na escuridão. Bonitão acendeu uma lamparina, mas a pobre coitada não dava conta do recado, iluminando pouco mais de cinco metros à frente. A lua, que na hora do assalto parecia ser uma comparsa à altura do golpe, parecia que tinha se bandeado para o outro lado e se escondido por trás de alguma nuvem. Menos mal, quanto menos testemunhas, melhor. O grupo estava com um humor péssimo. Infeliz daquele que se colocasse entre eles e o ouro.

Marv ia à frente, trotando com determinação, enquanto os demais se arrastavam atrás prestando atenção em cada sombra dentro da escuridão fechada.

— Se pelo menos não tivesse neblina... — começou Lua Sentada.

Ninguém respondeu. A verdade é que se houvesse uma nuvem de gafanhotos ou uma chuva de serpentes, ou até mesmo um dia ensolarado, nada mudaria o fato de que estavam rumando para sabe Deus onde, atrás de um trem fantasmagórico, com base apenas em uma promessa de ouro fácil feita por um homem que já admitira que havia mentido para eles.

— Tem ideia de onde estamos, Marv? — perguntou Coiote Louco, quando achou ter visto algo se mover por sobre uma elevação.

—A julgar pelo tanto que andamos e pelo terreno... Talvez

algum lugar do Novo México.

Os demais se entreolharam, incrédulos. Havia um negrume desolado sem fim em todas as direções. A única coisa que despontava, ora ou outra, era uma pequena elevação, ou um morro, ou um platô. Uma pequena variação do horizonte curto que tinham ao seguir os trilhos intermináveis. Mas, o que incomodava mesmo cada um deles era a ausência. Ausência de plantas, de animais e, principalmente, de sons. Haviam percorrido um trecho enorme, talvez o dobro do espaço entre a fazenda de mestre Wilkor e a cidade de Abalone, e não tinham ouvido qualquer som que não fosse uma breve brisa noturna. Por diversas vezes, Coiote Louco jogou uma pedra a certa distância, esperando que algum animal corresse ou pelo menos o som de relva macia contra a pedra. Mas, nada. Apenas pedra sobre pó.

— Meu povo tem histórias sobre a nossa cidade — disse Lua Sentada, olhando em volta.

— Besteira — esbravejou Marv. Foram essas baboseiras que impediram que a ferrovia chegasse a nossa cidade. Hoje eu poderia ter uma loja de bebidas ou até o meu prostíbulo. Mas não, havia sempre uma velhota com a sua ladainha de fantasmas falando com um operário. Bando de idiotas.

Coiote e Bonitão olharam para Lua Sentada dando apoio, pouco se importando com a bravata do "chefe". O índio de olhos vermelhos assentiu com a cabeça e continuou a falar.

— Nunca fui de ficar perto dos velhos, mas sempre gostei das histórias arrepiantes. Mesmo quando saí para trabalhar para os confederados, sempre ouvia as histórias dos outros índios, até os de outras tribos. Eles contavam que, antes de Abalone, havia duas tribos que viviam ali. Elas disputavam o lugar por causa do rio...

— Que hoje não passa de lama seca — disse Marv, sem se virar.

— É. Mas, antes, aqui era um lugar bonito de se ver. O rio era largo e bem transparente. Havia peixes e durante as cheias as terras ficavam verdes e muita coisa boa nascia lá. Animais vinham de longe e por isso a caça também era boa. Acho que se quisessem poderiam viver bem ali, sem brigas, daria para todo mundo. Mas, o homem tem a sua natureza e tudo acabou.

Um grupo de coiotes uivou ao longe e aquilo os assustou muito. Principalmente por ser algo totalmente inesperado. Pararam os cavalos e Lua Sentada levantou a lamparina acima da cabeça. Não dava para ver nada. Cassidy riu nervosamente e mandou que o bando de maricas continuasse andando. Os cavalos estavam suando e os seus olhos estavam esbugalhados. Foi preciso bastante empenho para fazê-los se moverem. Mas, logo estavam em marcha e Lua Sentada continuou sua história.

— Eles não eram daqui. As histórias não concordam. Alguns dizem que vieram do distante Oeste; outros, que eles vieram da escuridão quando o mundo ainda era jovem. A única coisa que é igual em todas é que eles foram guiados pelos espíritos, que os levaram a se encontrar no nosso vale, e ali fizeram residência. No começo, a paz reinou, apesar das diferenças. Mas, logo ficou claro que apenas uma dessas famílias poderia ficar com o lugar. Os espíritos tinham seus próprios negócios. Houve uma grande guerra. E o sangue de todos correu junto com o rio, secando-o para sempre. Os que sobreviveram só puderam lamentar. Perderam suas famílias e tudo que lhes sobrou foi uma terra devastada. A dor era tão grande que decidiram tirar a própria vida ou, simplesmente, ir embora. Dizem que tentaram voltar para o mundo da escuridão de onde vieram, ou tentaram voltar para o Oeste. Não sei. Meu povo diz que eles apenas desistiram de tudo, até de viver. E assim ficaram, entre cada pedra ou vento de Abalone, impregnando o lugar com sua tristeza e dor. Por isso, nada cresce ou vinga aqui. Há muita amargura nestas terras próximas as suas cidades.

— Diga-me uma coisa, James — disse Marv, acendendo um cigarro. O nome de alguma dessas cidades-fantasmas era, por acaso, Jericho?

Ele estava parado em frente a uma placa grossa de madeira suspensa por um tronco morto. Escrito nela havia uma frase escrita a fogo: Jericho, 1 Milha. Marv sorria, zombeteiramente, enrolando o bigode curvo. Deu para ler em seu olhar um "então, meninas, cadê os fantasmas nisso?", mas não teve tempo para dizê-lo.

Ele estava de costas, descuidado, quando por trás da placa três animais enormes pularam juntos contra homem e cavalo. Cada boca em uma parte dos corpos, levando tudo ao chão numa nuvem de poeira. Os homens levantaram suas armas e apontaram para a tempestade de areia, mas não dava para saber em que atirar. Então, Coiote Louco puxou o rifle para o alto e disparou. Os bichos, num ato reflexo, saltaram para a escuridão rosnando e deixaram as vítimas, inertes, no chão. Os cavalos empinaram e relincharam sem parar. A percepção da morte próxima e do sangue os deixava nervosos. Havia um predador ali, e ele os estava rodeando, procurando a brecha, o ponto fraco, para atacar. Coiote tentou afastar da mente coisas que atrapalhariam a sua saraivada de tiros. Coisas como o tamanho descomunal daqueles bichos e, principalmente, a ausência de três corpos para as três cabeças. Eles estavam ao redor, sua respiração se alternava como se esperasse a vez de usar o mesmo pulmão, e as patas faziam um barulho abafado seguido de um arranhar enquanto andavam, como facas sobre rochas.

James desceu do cavalo, assim como Bonitão. Não estavam conseguindo manter as rédeas e precisavam das mãos para mirar a coisa. Os cavalos correram para longe e pareceu que nada havia acontecido com eles; de qualquer forma, não queria os animais, tinha sede de sangue humano. Coiote avaliou as chances. Sabia da velocidade das feras e viu como elas escolheram uma presa distraída para atacar. Eram espertas e mortais. Quem seria o próximo? Dois lerdos a pé, porém um defendendo as costas do outro, ou um cara que mal conseguia controlar o cavalo? A equação era óbvia. Mas não se desfaria de sua única forma de fuga rápida. Tirou seu lenço e amarrou sobre os olhos do cavalo, que logo se acalmou. Pegou seu rifle e esperou de costas para a escuridão. Seria uma mão às cegas, com dois reis na mesa e nada na mão. Mas, era a única chance deles. Soltou os pés do estribo e esperou olhando para os olhos de seus companheiros. Bonitão o encarava sem entender nada. Então, sua expressão mudou para assombro e esse foi o sinal que Coiote estava esperando. Jogou o corpo para o lado e deixou-se cair, virando a arma para trás em pleno ar, bem no exato momento em que as feras pulavam juntas, açoitando o cavalo com garras monstruosas. Daí, o ar se encheu de estrondos e luzes cegaram Coiote Louco, enquanto sua Winchester martelava seu ombro vez após vez, cuspindo chumbo na direção de onde vira os monstros. Bonitão e Lua Sentada também dispararam e só pararam quando nada mais se movia. Nem a fera e, tampouco, o cavalo de Coiote Louco.

Eles se aproximaram, cautelosos. O bicho era enorme, maior que um cavalo e tão peludo quanto um coiote. E, por mais bizarro que possa parecer, ele possuía três cabeças! A criatura arfava com avareza, tragando o máximo de ar que conseguia.

Uma das cabeças estava despedaçada, as outras estavam feridas, mas conseguiam mover o olhar para os pistoleiros, ameaçadoramente, apenas esperando que chegassem mais perto para um ótimo último bote, uma vingança derradeira e honrada contra os seus assassinos. Mas, os pistoleiros não estavam interessados em honra ou em dignidade. Eles descarregaram uma nova carga de balas e só se deram por satisfeitos quando o abdômen do bicho não mais se movia.

O cavalo de Coiote Louco estava acabado, assim como o de Marv. Os outros dois não seriam encontrados nunca mais. Seria uma caminhada bastante tensa até Jericho, principalmente se o bicho não tivesse terminado o serviço com Marv. Eles foram até o corpo e mexeram com a ponta da bota a massa avermelhada no chão. Marv gemia como uma criancinha, abraçado à própria barriga. É, seria uma longa milha com aquele peso morto nas costas. Mas, precisavam do bastardo, ele era o único que tinha alguma informação sobre aquilo tudo.

Os três revezavam-se, arrastando Marv pelos cascalhos próximos à ferrovia. Tinham improvisado uma maca com aquilo que encontraram nas celas dos cavalos mortos. Aqueles que descansavam ficavam alertas, vigilantes para a aproximação de outro monstro. Foi a milha mais longa que percorreram.

Por fim, chegaram às imediações da cidade. Não havia novas placas e tampouco algo que delimitasse a entrada; caminharam em direção aos prédios distantes e, de uma hora para outra, estavam lá. De início, Jericho era como qualquer outra cidadezinha pacata do Oeste. Havia uma via principal que dividia os prédios como um rio separa margens. Algumas construções cinzentas, com suas placas de publicidade, Saloon, barbearia, cadeia e igreja, e não havia viv'alma na rua. Também, pelo adiantado da hora, quem poderia zanzar por aí? O trilho passava por dentro da rua e ia até o fim da cidade, em direção ao negrume e à névoa além dos limites urbanos. Os três coçaram-se de vontade de prosseguir na perseguição, mas Marv soltou um gemido de dor que os fez mudar de ideia. Coiote Louco pegou-se lembrando do cavalo que teve que sacrificar depois de um assalto a banco, e não pôde impedir-se de pensar na possibilidade de empregar o mesmo método naquele momento.

— Precisamos de um médico — disse Bonitão, olhando para baixo. Ele apertava com força o rifle, matutando. Será que pensava na mesma alternativa que Coiote?

— Tem um boticário ali na frente. Veja se há alguém lá para dar pontos. Eu e James vamos levar o Marv para o Saloon, talvez um pouco de álcool alivie a dor dele.

Os dois puxaram Marv até as portas duplas. Lá dentro havia poucas pessoas, uma meia dúzia jogando cartas e uns três no balcão. Eles olharam com interesse para os estranhos, mas ninguém se moveu.

— Alguém poderia ajudar? Ele foi ferido por um bicho no deserto.

— Não é problema nosso, chefe. Disse o barman, lustrando um copo de cerveja.

James levantou a espingarda e apontou para o nariz do sujeito.

— Tenho alguns amigos aqui dentro que dizem que é, "chefe".

Os fregueses levantaram-se, sacando as armas. Coiote Louco levantou os braços, em tom conciliatório.

— Calma, pessoal. Desculpa o mau jeito. Só precisamos de ajuda. Não é, James?

James abaixou o rifle ainda encarando o barman. Os ânimos pareciam se acalmar, com os canos sendo abaixados. Um velho sujo, que estava jogando cartas, ajudou a colocar Marv em cima de uma mesa.

— Meu nome é Elias Talbot — disse o velho, frisando o nome ao apertar a mão de Coiote Louco. Não sou médico, mas vou ajudar seu amigo. Ele não vai morrer aqui.

— Obrigado.

— O que fazem por estas bandas? — perguntou outro jogador, com ar de poucos amigos. Seu rosto tinha traços duros e uma pele levemente morena; sua constituição era firme, talvez um fazendeiro, mas, não dava para identificar a etnia dele. Algo chamou a atenção de Coiote, seu braço estava enfaixado até a altura do cotovelo e sangrava um pouco. Talvez um ferimento à bala.

— Estamos apenas de passagem, indo para o Oeste. Talvez a gente pegue um trem. Os fregueses pareceram prender a respiração por um momento. — Há alguma estação por aqui? Vimos os trilhos e resolvemos dar uma olhada e tentar a sorte. Quem sabe a estrada não estivesse interrompida e levasse para o nosso destino, não é?

— A estrada não está interrompida — disse do balcão um brutamonte um pouco alterado pela bebida. Os mesmos traços duros e pele morenada. — Mas não há trem.

— Nenhum trem passou por aqui recentemente? Achei ter ouvido um apito enquanto estávamos vindo para cá.

— Nenhum trem, por que não vão embora daqui? — disse, com raiva, o brutamonte.

— O que o meu amigo quis dizer — emendou o estranho de braço enfaixado, é que nenhum trem partirá hoje de Jericho. Apenas amanhã de manhã. Talvez queiram se hospedar e esperar o amanhecer. Tenho certeza que o bom Bob tem um quarto por um bom preço.

Coiote e Lua Sentada entreolharam-se por um momento.

— Aceitamos, mas vamos precisar de ajuda para levar o velho Marv lá para cima.

O quarto era empoeirado e apertado, lembrava muito uma velha hospedaria onde Coiote tinha ficado em Santa Cruz. Marv fora deitado na única cama e as coisas deles foram jogadas sobre uma mesinha, próximo à janela. Estavam sozinhos.

— Temos que dar o fora daqui — disse James. Esses sujeitos são muito esquisitos. Viu como olharam pra mim? Pareciam até legionários caçando cabeças de peles-vermelhas.

— Não podemos sair assim, temos que achar Bonitão e encontrar o trem.

— Que se dane o cara, que se dane o Marv. Eles vão nos matar se continuarmos aqui. Aquela coisa que matamos no deserto só pode ter sido obra das relíquias. Elas estão por aí; podem ter transformado essas pessoas em assassinas canibais. Agora mesmo, podem estar afiando os facões.

— Se acalme. A porta está trancada. Tente acordar Marv e pegar o máximo de informação dele. Vou sair e procurar Bonitão. Volto em meia hora.

— Não tá certo, Coiote. Não vou ficar aqui sozinho.

— Não seja covarde. São apenas meia dúzia e você vai estar com dois rifles e uma porta trancada. Volto logo.

Coiote saiu pela pequena janela com cuidado, escorregou pelo telhado e chegou até o teto de uma varanda, por onde desceu até a rua. Não havia ninguém por perto. Então, escondido, ele tirou do bolso o papel que o velho tão matreiramente lhe entregara enquanto apertavam as mãos. Nele estava escrito a carvão em letras tremidas e apressadas duas palavras que Coiote gostaria de não ter lido: "Socorro. Maquinista". De alguma forma, essas pessoas tinham se apossado do trem e sequestrado seus condutores. Complicado, agora havia mais pessoas entre eles e o ouro. Precisava de ajuda, urgentemente.

Olhou para as janelas em busca de luzes. Nada. Esgueirou--se por uma viela e atravessou correndo a rua principal até o boticário. A porta estava entreaberta e de lá vinha uma luz tênue. Sentiu uma presença observando-o. Olhou em volta até dar com os olhos num homem de preto sentado em uma cadeira de balanço, em uma varanda. Tinha uma barba comprida estilo Lincoln e fumava um cachimbo. Ele acenou cordialmente para Coiote que retribuiu o gesto meio que sem saber o porquê. Então, entrou na loja.

Lá dentro havia várias prateleiras com diversos potes e ervas enroladas em barbante. Havia vidros com líquidos coloridos e rótulos ininteligíveis. O chão estava poeira pura, com pegadas indo em direção ao balcão e passando pela porta de trás, de onde vinha a luz tênue e um barulho firme, mas baixo. Coiote foi pé ante pé até lá, sacou um revólver emprestado de Marv e empurrou, devagar, a porta. Um horror indescritível tomou conta do corpo de Coiote, mas ele segurou firme a boca para não emitir nenhum som. Lá dentro, deitado sobre uma bancada, ao lado de peças de carne de todo tipo, estava Bonitão totalmente desfigurado. Um homem macilento e com pequenas brotoejas pelas costas trabalhava nele resmungando em uma língua esquisita cheia de estalos. Ele arrancava com bastante descaso com um alicate pequenas partes do corpo de Bonitão, vísceras, unhas, dentes e, para as partes maiores, usava um pequeno cutelo. Os potes de vidro estavam amontoados ao longo da bancada, cheios de Bonitão e formol, e, por uma razão bizarra e doentia, Coiote seguiu-os fascinado pelas imagens de horror.

Cores variadas, com partes variadas. Vermelho para coração; azul, para orelhas e nariz. Será que havia uma lógica para a escolha das cores? Seus olhos, então, se cruzaram com os de Bonitão, ainda vivos, em uma cabeça descarnada. Sua garganta estava destroçada, não poderia nascer palavra alguma ali, mas a mensagem que mandava com seus olhos era evidente, um pedido de clemência e socorro.

"Mate-me".

Coiote recuou devagar, fugindo daquele olhar. Virou-se cuidadosamente e saiu da loja sem se deter a olhar para os potes nas prateleiras, apesar da curiosidade. Caiu na areia da rua e deitou biles em profusão. Ele poderia ter atirado. Poderia ter acertado e matado o filho da puta que matava seu amigo. Seria o certo a fazer. Mas, e se errasse? Pistola nunca fora o seu forte. Limpou os restos de sujeira com as costas da mão e olhou em volta. Ninguém à vista, nem mesmo o homem de terno. Agora, ali na rua, pôde ver a placa em cima da varanda em que o barbudo estava, nela estava escrito "Funerária". Coiote se levantou num pulo e correu pela rua, fugindo da cidade. Correu numa velocidade que nunca tinha alcançado antes, até os músculos doerem e os seus pulmões queimarem. Ele não olhou nenhum segundo para trás, mas, na sua mente, tudo voltava num turbilhão. Os olhos descarnados de Bonitão encarando-o; a promessa tão prontamente quebrada feita a James, e até mesmo lembrou-se de sua mãe, sua mãezinha, onde quer que ela estivesse.

Coiote parou de correr quando suas pernas viraram manteiga pela exaustão e ele caiu de cara sobre os cascalhos. Não tinha se dado conta de para onde estava indo, queria apenas correr. Levantou o rosto e viu onde estava. Não havia nada para olhar, apenas deserto e mais deserto e o maldito trilho que se estendia, malignamente, sem fim. E uma luz. Sim, havia uma luz avermelhada mais à frente. Coiote levantou-se com esforço e foi até lá, sem pensar. Se esse fosse o fim da linha, que acontecesse logo. Realmente, era o fim da linha, mas não era o que esperava. Parado ao lado do fim dos trilhos de Jericho estava o homem de terno preto e barba comprida fumando o seu cachimbo. Ao seu lado estava o monstro de três cabeças sem qualquer ferimento aparente, apenas a mesma malícia nos olhos. Atrás dos dois estava Kato amarrado a uma pedra.

— Boa noite, Coiote. Deixaram o seu amigo aqui depois do pequeno desentendimento entre eles.

— Boa noite, quem é o senhor?

— Sou o responsável por este caminho, Coiote. Ninguém o cruza sem antes falar comigo. É uma tradição, sabe, uma pequena gentileza. Antigamente, cobrávamos uma taxa, mas os tempos mudaram. Estamos sendo mais maleáveis. As filas são muito grandes.

— Eu, não tô entendendo nada. Quem são essas pessoas, o que elas querem?

— Elas estão perdidas. Vieram para cá de muito longe, muito tempo atrás, por conta de uma promessa e constituíram moradias. Viveriam num mundo verdejante e pacífico, no lugar mais longínquo que existia. Um lugar nunca antes habitado por homem algum nos últimos doze mil anos. Era uma proposta tentadora. Não puderam recusar.

— As duas tribos da lenda navajo.

— Os navajos têm suas histórias. Mas, a verdade é que era um povo só. Uma família, despejada por seu patriarca, por não concordar com suas atitudes e pela preferência que ele tinha para com estranhos. Um de seus membros convenceu-os a vir para cá, para que pudessem viver em paz. Sem armadilhas, sem servidão. Onde poderiam ter e fazer o que quisessem. Onde poderiam ter filhos, o que era uma coisa muito valorizada por eles.

— Mas, e a guerra? Como...

— Houve mesmo uma guerra. Eles mataram uns aos outros, numa batalha sem sentido pela supremacia. Estavam habituados demais a seguir ordens de seu patriarca, não conseguiriam continuar sem uma liderança. No fim, poucos sobraram. E aqueles que ficaram...

— Estavam envergonhados demais para continuar.

— Na verdade, estavam atemorizados demais para continuar. Uma dúvida brotou entre eles e em seu novo líder eleito com o sangue de seus irmãos. O que poderia esperar por eles do outro lado? Eram fratricidas e por pouco não mataram o próprio pai para estar ali. O que os aguardava do outro lado? O terror era tão grande que muitos tinham medo até mesmo de ficar ao ar livre, sob o olhar dos céus. Eles não poderiam voltar, pois não sabiam como seriam recebidos; nem morrer, porque não saberiam como seria do outro lado. Até mesmo viver aqui poderia ser uma afronta.

— As cavernas de Deadwood...

— A solução que encontraram foi realizar uma autopunição e um êxodo para as cavernas e para o mundo subterrâneo, onde estariam a salvo dos olhares dos céus.

— Não há estátuas de ouro, há? Apenas pessoas.

— Não há estátuas de ouro, mas se engana se acredita que são pessoas como você. Eles são os patriarcas deste país. Por centenas de anos estiveram em reclusão, mas nunca parados.

Cada homem que esteve aqui de alguma forma tem algo a ver com eles. Cada líder, cada companhia, cada pessoa morta ou nascida, até mesmo acontecimentos naturais têm a ver com eles. Todos os habitantes deste país têm uma dívida insolúvel para com esses patriarcas.

— Mas, o que eles estavam fazendo naquele trem? Pra onde iam?

— Eles cansaram daqui. Chegou a hora do acerto de contas. Chegou a hora de irem para o outro lado. Um acordo foi feito com o seu governo, que providenciou os mineradores e o transporte. A cidade foi feita a partir dos restos do trem quando chegaram aqui. Porém, não posso deixá-los ir ainda.

— Por que não? Deixe os bastardos irem para o inferno, que é o lugar deles.

— Há acordos, Coiote. Anteriores a qualquer um de nós. E somos todos regidos pelas leis, tanto dos homens quanto as do outro mundo. Eles vieram juntos e devem voltar juntos. Até mesmo seus amigos mortos estão aguardando por eles. Mas, falta um. Apenas um que se recusa a vir. Aquele que começou tudo isso, que incitou seus irmãos à insubordinação e também foi o único que não aceitou se enfurnar nas cavernas e entrar no trem para o outro lado. Seu nome é Lúcifer.

Coiote ficou um tempo parado. Sua mente regurgita toda a história até ali para ser ruminada. De muito longe eles vieram. Irmãos de Lúcifer. Expulsos pelo Patriarca. Deus meu.

— Não há um inferno, Coiote — disse Kato, despertando. Há apenas aqui. Um deserto vasto, onde a perdição é empregada e difundida pelo mundo.

— Você sabia desde o início, você e Marv — disse, entre os dentes, Coiote. Por que tentaram impedir o trem, seus bastardos?

— Não sabia que estavam indo para o outro lado. Achava apenas que iriam se mover. Ir para outro lugar. Sabia dos mineradores, mas não que estavam mancomunados. Queria impedi-los e destruí-los. Meu povo fala dos demônios e esperava que pudesse acabar com eles de alguma forma. Mas Marv queria entregá-los para o Barão. Queria a recompensa, era muito dinheiro.

— Quem é o Barão?

O homem de preto não respondeu, ficou apenas reacendendo o cachimbo.

Coiote ficou em silêncio.

— Eu nunca o vi — continuou Kato, tentando explicar. Ele encontrou Marv em uma mercearia em Jersey. Fez a proposta e explicou tudo a ele. Parece que era um homem idoso, mas bonito e de fala mansa. Tinha uma cicatriz funda na testa. Por favor, me solta, Coiote. Vamos embora daqui. É só seguir os trilhos, sei que podemos sair daqui.

— Não há volta, não é? — perguntou Coiote ao homem de preto, ignorando Kato.

— Lamento. Não deveriam estar aqui. Nenhum vivo deveria estar. Mas, uma vez aqui, não há volta.

— Você disse que respeita acordos...

— Sim, qualquer um de nós está sujeito às leis. Somos obrigados a honrá-las.

— Mas pode fazer acordos também?

O homem de preto retirou o cachimbo da boca e encarou Coiote. Ele ouviu a sua proposta com atenção e sorrindo, divertido. Será que estava pensado que o nome de Coiote Louco era realmente apropriado?

Kato e Coiote caminharam lado a lado pela cidade, indo em direção ao Saloon. As ruas estavam movimentadas. Havia toda sorte de habitante. Pessoas com cabeças arrebentadas, outras com peitos dilacerados; e outras secas como uvas-passas. Uma população inteira de mortos. Alguns até ostentavam asas, outros córneos pontiagudos. Ninguém tentou detê-los, todos tinham o olhar cansado de espera em terminal ferroviário.

Coiote deu um chute nas portas duplas e entrou com Kato logo atrás. Lá dentro havia uma dúzia de pessoas, cada uma mais esquisita que a outra. Usavam roupas de eras passadas e algumas tinham más formações aqui e ali. James e Marv estavam sentados a uma mesa e o que sobrou de Bonitão estava em cima do balcão. Todos olharam para a dupla já com a mão nas armas.

— Tenho uma proposta pra vocês, capetas. Quem quer ouvir?

— O que você pode ter que possamos querer? — perguntou uma mulher.

— Isso depende. Se alguém me disser como faço para matar um de vocês, terei uma oferta irrecusável.

— Por fim, como disse, todos na cidade estavam mortos, e quem estava comigo no trem eram a única esperança deles para encontrar o descanso eterno.

O dia já havia amanhecido; a tempestade tinha passado e as pessoas estavam nas ruas procurando um bom lugar para ver a execução. Mas, no cadafalso havia apenas eu e Coiote Louco. Ele olhava para mim tristemente e eu já imaginava o porquê. Não tinha nada a ver com a condenação dele. Havia entendido tudo errado desde o início. Não havia me contado toda a história apenas para matar o tempo, ou para compartilhar sua desventura com alguém antes de partir. Ele havia me contado para pedir perdão.

— O meu pai.

— Sim, levamos dois anos para descobrir quem era o homem na mercearia em Jersey, o cara com a cicatriz na testa. Lamento muito. Armamos para você. Atiramos no banqueiro pelas costas e forjamos as provas para incriminá-lo. Seu velho é muito difícil de achar, e é escorregadio também, quando sabe que está sendo procurado, mas, sabemos que não pode infringir as regras dos homens, por isso não pode simplesmente libertá-lo daqui do enforcamento. Mas os filhos são importantes para eles. Era uma coisa que lhes era proibida pelo criador.

— Vocês acham que ele vai estar aqui? Para ver?

— Você não estaria?

Havia uma multidão agora. Curiosos e gente de bem, fornicadores noturnos e bem-intencionados. Queriam ver o mal ser extirpado da terra, como bons cristãos. Mal sabiam que estavam pouco distante da verdade. Procurei por entre eles um rosto que encarei a minha vida inteira. O rosto daquele que me alimentou, que me ensinou tudo que sei e que estava sempre presente quando eu mais precisei. Isso não podia ser verdade, não poderia ser o filho do demônio. Meu pai não poderia ser ele. E se fosse?

Encontrei seus futuros assassinos. Vi Bonitão bem em forma, diga-se de passagem, Kato e James. De uma forma ou de outra, eles estavam disfarçados, mas quem estivesse procurando os encontraria facilmente entre os corpos cada vez mais ansiosos da população. Havia um frisson macabro, uma balbúrdia de deleite. Era um programa fantástico de domingo.

— Escuta. Isso está errado. Meu velho não é o que pensa.

Não existe esse lance de capeta. Por que não fala pros seus amigos começarem um estardalhaço para podermos fugir da morte?

— Não se preocupe comigo. Não estou aqui pra morrer, estou aqui para vigiar. Aqui tenho a melhor visão.

Desgraçado maluco. Tinha armado tudo. Estava ali em cima apenas pelo posto de observação privilegiado. O tempo corria. Olhei em volta mais uma vez, com medo de pular alguma expressão, alguma parte do rosto amigo.

A multidão ficou mais irrequieta quando o carrasco subiu ao cadafalso. Não demoraria muito agora. Onde estava o velho? O Xerife começou a ladainha jurídica, e a cada item dos meus pecados enumerados por ele um xingamento brotava entre os populares. Todos tinham motivos de sobra para me odiar e as suas expressões diziam isso. Todos estavam rejubilando-se com a minha morte, desejando ardentemente minha dor e sofrimento, com exceção de um. Um homem triste, com um capuz sobre a cabeça. Nossos olhos encontraram-se e ele puxou para trás o pano marrom. Seu rosto estava diferente, mais novo e sem a cicatriz, mas, não sei como, sabia que aquele era o meu pai. Então, era verdade, ele era... Seus lábios moviam-se lentamente, a leitura foi fácil: "Me perdoe, meu filho. Estou com você". As lágrimas brotaram, turvando toda a minha visão. Olhei para o lado e vi Coiote Louco mirando meu velho. Essa era a última artimanha. Eles não poderiam descobrir quem ele era, precisavam que se revelasse a mim antes. Uma última traição inocente minha. Como poderia permitir que estes homens assassinassem meu pai, seja ele o demônio ou não? Balancei a cabeça para derramar o que me embaçava a visão, e enchi os pulmões para um poderoso grito...

— Não se dê ao trabalho, rapaz — o carrasco engatilhou uma arma às minhas costas. Ele já está morto.

A voz abafada de Bob Lagarto por trás da máscara dizia a verdade. Vi os pistoleiros irem por trás de meu velho, sacando as armas. Eles tiraram os disfarces e, por baixo, usavam túnicas negras com desenhos estranhos em branco. Marcas de proteção, talvez. Ele não os tinha visto, olhava apenas para mim, e eu não conseguia abrir a boca. Deus, por que não consigo arriscar minha vida para salvá-lo? Bonitão foi o primeiro a agir. Ele abraçou meu pai pelas costas, envolvendo seus braços e deixando-o sem ação. Bob Lagarto começou a rir: "é como dizem, no Inferno abrace o capeta". Meu velho tentou libertar-se, debatendo-se, mas sem êxito. Havia desespero em seu olhar quando James Lua Sentada começou a recitar as palavras estranhas escritas num pedaço de papel. As pessoas notaram o movimento e começaram uma confusão. Alguns policiais tentaram furar o bloqueio para chegar até eles.

Coiote Louco soltou as mãos, que talvez nunca estivessem realmente atadas, e pegou uma arma trazida por Bob Lagarto. Juntos, os dois chamaram a atenção das autoridades disparando contra carroças e para o alto. Suas armas brilhavam com inscrições incandescentes e cuspiam labaredas que viravam cavalos e carruagens, destruíam placas e ferviam o ar. Eram armas santas dadas a homens vis. Então, vi sombras descendo pelas paredes das casas e indo de encontro aos pistoleiros. Coiote praguejou e gritou para que James se apressasse.

As chamas estouravam no ar, derrubando sombras. Algumas chegaram até meu pai e tentavam arrancar os braços de Bonitão, mas uma luz brilhante queimava suas mãos enquanto tentavam. Havia mais luta entre a multidão. Pessoas possuídas pelas sombras sacavam armas e eram abatidas por Coiote e Bob. Algumas delas pegavam reféns e tentavam extorsões, mas tudo que recebiam era mais chumbo celestial. A insanidade era tamanha que Coiote e Bob começaram a abater até mesmo quem não estava possuído, apenas para se certificar que nada viesse de lá contra eles. Meu rosto suava e minha pele ardia, tamanho era o calor liberado pelas sucessivas cargas disparadas. O estrondo reverberava por todos os lados e só era interrompido pelo estampido seguinte. As pessoas caíam no chão abraçadas as suas entranhas ou simplesmente protegendo o ouvido e os olhos. Era uma guerra nunca antes vista. A guerra pela erradicação da maldade no mundo.

Então, veio o golpe derradeiro. James levantou um punhal, recitando as últimas palavras.

— Por favor — gritava meu pai. Não façam isso! Eu estou do lado de vocês. Sou eu que ajudo vocês em sua evolução. Ele não quer saber de vocês. Sou eu quem pode salvá-los. Não sou mal. Ele que é.

James terminou as suas evocações e olhou para meu pai com um sorriso maroto.

— Capeta, não tô nem aí — e cravou o punhal em seu peito.

Na mesma hora, todas as sombras gritaram em agonia e explodiram no ar, deixando as pessoas inconscientes no chão. Bonitão largou o corpo frouxo do demônio e ele caiu na poeira. A carne se esfarelou em uma velocidade absurda e explodiu, também num clarão brilhante, deixando apenas uma queimadura negra no chão. O último vestígio de meu pai na Terra.

— Lamentamos muito — disse Coiote para mim. Mas, não tinha outro jeito. Solta ele, Bob.

A corda se afrouxou e percebi que não tinha respirado desde

a facada. A dor no pescoço era forte, mas, mesmo assim, me ergui e encarei os dois.

— Eu vou atrás de vocês por isso...

— Não seja besta. Não há o que vingar aqui. Ele era o demônio. Tinha que ser mandado embora.

— Ele era meu pai.

— Não, guri. Ele era o pai de todo esse país. Se cuida.

Então, eles todos desapareceram em pleno ar, com exceção de Bob Lagarto, que tirou o capuz e começou a descer as escadas.

— E o que levou disso tudo? — perguntei, chorando copiosamente.

— Além da diversão? Uma passagem para onde eu quiser quando tudo acabar. Tenha um bom dia, rapaz — e assim ele se despediu de mim. E eu fiquei ali imaginando para onde eu iria, o que faria, agora que o demônio não estava mais entre nós. Estávamos nas mãos dos bons e sem pecados. Isso me deixou muito inquieto e muito apavorado. Sem o capeta, quem poderia receber os pecadores? Haveria veredas verdejantes para nós neste cafundó esquecido por Deus?

Epílogo

— Fizeram um bom trabalho, garotos. Eis as passagens para vocês no próximo trem. O destino está em branco, como combinado. Vocês escolhem. Agora devolvam as armas.

— Sabe o que é, barbudo? Pensamos melhor. Acho que vamos nos demorar mais um pouco por aqui.

— O quê? Não podem. Não posso permitir isso. Enquanto estiver incumbido de minha responsabilidade, todos devem passar.

— Já pensou em aposentadoria?

(Tiros reverberantes)

— Ok, Coiote, e agora?

— Simples, James. Mata aquele bicho de três cabeças de novo e vamos retomar o pedágio dessa joça. Nada de passagem de graça, seus fantasminhas. O que tá olhando, Marv? Desembolsa as duas moedas, anda logo.

www.ingramcontent.com/pod-product-compliance
Lightning Source LLC
Chambersburg PA
CBHW030547130626
46552CB00006B/2463